粉底人

fendiren

夏立楠　著

成都时代出版社
CHENGDU TIMES PRESS

图书在版编目（CIP）数据

粉底人 / 夏立楠著 . -- 成都： 成都时代出版社，2018.5
ISBN 978-7-5464-2059-2

Ⅰ . ①粉… Ⅱ . ①夏… Ⅲ . ①短篇小说－小说集－中国－当代 Ⅳ . ① I247.7

中国版本图书馆 CIP 数据核字（2018）第 055515 号

粉 底 人
FENDIREN
夏立楠 著

出 品 人 石碧川
责任编辑 李卫平
责任校对 李 佳
封面设计 欧德柳
装帧设计 四川省文学交流服务中心
责任印制 唐莹莹

出版发行 成都时代出版社
电 话 （028）86742352（编辑部）
（028）86615250（发行部）
网 址 www.chengdusd.com
印 刷 四川金邦印务有限公司
规 格 210mm×145mm
印 张 7.375
字 数 200 千字
版 次 2018 年 5 月第 1 版
印 次 2018 年 5 月第 1 次印刷
书 号 ISBN 978-7-5464-2059-2
定 价 36.00 元

序

向年轻致敬

文/孟学祥

一个小说写得不好的人给一个小说写得好的人作序，这本身就是一件尴尬的事情，这样的尴尬偏偏就让我撞上了。

我知道自己的德行，胡吹乱侃还可以过得去，要真正从理论上去评判一个人的作品，那就有些捉襟见肘了。但这次我还是决定要出这个风头，给夏立楠结集的小说作序。原因有二，一是我非常喜欢这小子，喜欢读他的小说，喜欢他小说故事中跌宕起伏、让人沉浸在阅读中欲罢不能的感觉。其次是我也想让自己体面地虚荣一回，在一本让人喜欢的小说上留下自己的文字和名字，虚荣心就会得到更大的满足。

其实，我早就认识夏立楠了。那还是前些年我在编辑《夜郎文学》的时候，收稿邮箱里经常收到一些没有署名、没有地址的稿件，稿件都不是很长，但却写得很有味。因为这些稿件一直没有按投稿的标准投寄，我就把它们搁置一边，不予理会。经常看到这样的稿件，我就对这些稿件多了一些关注。在收到了若干这样的稿件后，我决定选一篇稿件刊用在杂志上。于是，我给来稿的这个邮箱回信，让作者把姓名、地址和联系方式发过来，并同时叮嘱：以后投稿要同时发来姓名、联系方式才行。作者把姓名地址发过来了，我才知道作者还是一个在校大学生，还很年轻。稿件刊出了，我也第一次知道了“夏立楠”这个名字。当时我并不知道“夏立楠”是笔名，稿件发出后，我按照地址给夏立楠寄去了稿费和样刊。若干年后，我和“夏立楠”——也就是真名“黄涛”的小年轻熟悉了，问到了当年的稿费和样刊。他却说一样都没有收到，这让我有些愕然。想想也是，那个时候，他们那个大学的传达室肯定只知道有“黄涛”，而不知道“夏立楠”为何人。加上当年领取稿费也不像今天这样严谨，稿费可能就被人冒领了，样刊也就不知在什么地方被匿下了。

编发了夏立楠的第一篇作品后，我就和他加上了QQ，成了好友。然后就经常从他的QQ空间里看到他在全国各地报刊上发表作品的消息，读到他在省内外刊物上发表的小说。直到有一天，他在QQ上告诉我，他到黔南来了，通过事业单位招考，考到了龙里县某乡镇的一家事业单位上班。

在此之前，我一直为黔南的创作队伍后继乏人而倍感忧虑，夏立楠的到来犹如给我的神经注入了一剂强心针，我就有了一种莫名的兴奋。有文友聚在一起谈论文学，提到某某地方又出了一个文学新人如何了得时，我也很笃定地说：我们那个地方有一个“90后”的小年轻，小说写得很牛逼，在某某、某某刊物上都发表过小说，你们可以去找来看。这话虽然说得有些骄傲，但却是发自内心的。长期以来，我一直很羡慕那些年轻而又把作品写得很好看的人，羡慕他们的青春，羡慕他们的活力，更是羡慕他们在文字中纵横历史，打通精神与现实的过硬功夫。所以，我在这里给夏立楠的小说集写序，也是尝试以文字的形式向年轻的小说家致敬。

夏立楠擅长小说的故事架构，每一篇小说的故事都很精彩。我们常常说，文学来源于生活又高于生活，在黔南的很多作家中，也许是地域环境的限制吧，文学来源于生活做得很到位，在高于生活上却很难做到拔高和突破，夏立楠在这一点上尤其让人刮目。夏立楠的小说故事血肉饱满，构思取材弥漫着浓郁的生活气息，文字叙述张弛着生活的质感和精神厚度，情节跌宕中凸显出年轻活力的思考者的思想深度和广度。

夏立楠的很多小说，都不是取材于现实，但是又处处凸显现实的痕迹。每一个小说的情节，就仿佛发生在我们身边，而却又远离我们的实际生活。其小说就是以这种若即若离的故事来紧扣场景，吸引读者眼球。除了情节，小说中很多细节的描写也能让读者一下子就沉浸其中，幻化出一种似曾相识的意境。比如《春河》里对那条卡布斯朗河的描述，让人一下子就想到了新疆的悠远和广袤，以及河水在雪山融化后流淌出滋润的充盈和富足。“每年春末夏初，天山上的雪得了阳光，暖气流动，雪水就化开了，流进卡布斯朗河里，河水融开冰床，欢腾地往下游奔去，穿梭在一朵朵浪花间的就是河鱼了。”同样的，《暖雪》中几句不经意的文字，就把一个死气沉沉的场景写活了。“寡妇眼睛累了，纳鞋底这种活考眼力，又是在太阳底下，寡妇想缓缓眼睛，瞥过来的一刻，刚好瞅见站在柳树上的王石磊。”

夏立楠的小说还善于悬念的运用，在层层递进中表现出了一种恣意的想象力，充斥着某种神奇的感觉和灵异。而他在叙事上的探索，又充满了一种通透的感觉和旺盛的创造精神。《绿蝴蝶》《猫眼》《暗杀》《云从》等小说，以不同的人物视角切入小说的推理情节，展现了人物不同的命运遭际。而这些小说中不同人物之间彼此的情感纠结，互为映衬，共同构成了每一篇小说故事的现实场景。而且，他还通过在情景的想象中一步步去转换小说场景的扩张和缩小，自如地张弛着小说的深度和力度。空间的想象中大到《春河》的原野，小到《粉底人》的摄影棚等，都被他放大得荡气回肠，刻画得惟妙惟肖；时间的想象中大到历史的《云从》，小到现实的《猫眼》，都被他推理得鲜活逼真，书写得活灵活现。

当然，夏立楠的小说也有不足之处，比如：叙述上语言还不够简练，还有就是创作不够严谨和细致，有些语句有时会突兀地冒出来，破坏语言的美感，损坏小说故事的整体性，让阅读者感到有些莫名其妙。好在夏立楠很年轻，又练就了敏锐的艺术触角、独特的审美方式，具备了强烈的现实关照情怀，相信他今后一定会越写越好。

借此机会草就以上文字，祝贺夏立楠的小说集出版。同时也是以此特殊的方式，向小说写得好的年轻作家们致敬！不足为序。

2017年10月13日于都匀

（孟学祥，系第9届全国少数民族文学创作“骏马奖”获奖者）

目录 *Contents*

春河

1

西伯利亚的冷空气吹了足足五个月，卡布斯朗河的河床结了一米多厚的冰。我站在河床上，搓着手，看着父亲用一把十字镐打凿着河床，河床上冰花四溅。父亲终究没有成功。他凿出一个个孔子，把电筒伸进一个个冰窟窿里，我以为真的会有鱼游过来，事实上我们都错了。

库尔班老人是从河对面的村庄出来的，他赶着一群羊。我真不明白，这样冷的天气，周遭遍布大雪，山上能有什么草给羊吃。他骑着一匹枣红马，优哉游哉地走过来，跟在他身后的牧羊犬欢腾着，像是在为今天可能会猎到一只野兔而激动着。

“你这样是捞不到鱼的！”库尔班老人在枣红马的屁股上抽了一鞭子，“啪！”马朝着我们的方向刨着蹄子。

“为什么？”父亲抬头看了看他。

“卡布斯朗河里的鱼太小，冬天都躲在石头缝里，懒得不想出来。”他笑了笑，“你等来年春天再来吧，到时候我保证你满载而归。”

父亲嗫嚅着双唇，想说什么的，始终没有说。库尔班老人又在马屁股上甩了一鞭子，马和羊群都朝着西面踽踽走去。

回到家，父亲推开院门，把手中的十字镐和渔网放在鸡圈上。我们褪掉了手套，钻进屋里。

母亲依然躺在右边那间不起眼的屋子里，我撩开她的门帘，她显然没有察觉到我的脚步声。为了让母亲的病能早日康复，父亲几乎已经花掉了所有积蓄，就在年后的这几日，母亲突然说自己想吃河鱼了。

河鱼是卡布斯朗河里的鱼，没有专人喂养，也没有吃鱼饲料。每年春末夏初，天山上的雪得了阳光，暖气流动，雪水就化开了，流进卡布斯朗河里，河水融开冰床，欢腾地往下游奔去，穿梭在一朵朵浪花间的就是河鱼了。

母亲的额头上敷着一块毛巾，这个冬天以来，她都是这样度过的。这已经是她生病的第八个月了，身体每况愈下。我用手轻轻抚了抚她的毛巾，额头上的汗水已经将毛巾濡湿，我决定给她换块新的。

父亲似乎在敲煤。我听到了他敲击煤块的声音，冬天很冷，烧在屋子里的炉子如果煤炭供应不上，那么暖墙就不会有热气，屋子里也不会暖和。

母亲是在我为她敷毛巾的时候醒来的，她的眼角起了褶皱，眼皮耷拉着。

她说：“楠，你们都回来了？”

我说：“是的，可是爸爸没有凿到鱼。”

母亲握着我的手，她看了看墙上的那些挂历，挂历是1997年的，厚厚的一大本，香港回归祖国的纪念挂历，每个月附一幅画，总共十二幅，分别是香港的夜景、外景等照片，很美。

父亲把挂历分散开来，贴在墙上，这样屋子里就添了不少喜气。

母亲说："弟弟呢？"

我说："出去玩了。"

自从母亲去年秋天遭遇那次突发性的晕厥，她的身体就陷入了一种不良状态。除夕前几天，有位阿姨来看她。两个人聊着聊着，母亲就哭了。阿姨要回湖南了，母亲想起了老家，她说自己已经六年没有回过内地了，不晓得外公外婆身体如何。阿姨说，你现在得好好养病，病好了就可以回去了。母亲一定是感觉世事无常，这位阿姨的告别预示着她们以后再也不会相见。

不是么？以前母亲的朋友和她道别，最后总是会失去联系。

弟弟走进屋子，父亲对他很不满意，问他这个早上跑去了哪里。我走出母亲屋子时，弟弟正背着手，往屁股兜里塞一小盒擦炮。弟弟低着头没有说话，父亲严厉道："还不进屋做作业。"

"大过年的，你别吼他。"母亲的声音从内屋传来。

父亲说："你想吃点什么？"

母亲说："随便吧，下午还得去看赵医师呢！"

父亲说："那我做带鱼吧……"

2

父亲和母亲出门后，我和弟弟在屋里做作业。他从屁股兜里摸出那小盒擦炮，我说，“你花多少钱买的？”

他说：“一块钱。”

我心里是不悦的，尽管一块钱不多，但是这个节骨眼上，家里已经很困难了。就在我们做作业之际，有人敲着院门，砰砰砰的。我放下作业，朝屋外走去。

开了院门，站在门口的是克里木叔叔。克里木叔叔戴着帽子，胡子拉碴的，嘴里习惯性地叼着他的莫合烟。

“嗨，小巴郎，你大大在家吗？”

“没有，出去了。”

“哦……要是他回来，你给他说我找他有事。”

“好的，克里木叔叔。”

其实我不知道他姓什么，我只知道所有人都喊他克里木。年前的秋天，爸爸和几个叔叔给他修过一次羊圈。我们的住所怎么说呢，是在汉族人和维吾尔族人住区的交界处。那天晚上，克里木叔叔很热情，他吩咐他的杨刚子做了一顿很好吃的拉条子，我们坐在一张毛毯上边吃边聊，毯子就摆放在他家的葡萄藤下。

送别了克里木叔叔，我又进屋继续和弟弟做作业。八点过，还不见爸妈回来。我决定把早上没吃完的饭菜热一热，和弟弟简单吃过晚饭后，我怕父母需要洗脚什么的，就打了一壶水烧着。九点过的时候，传来了开院门的声音。

是爸妈回来了。

父亲用自行车载着母亲，母亲的头发盖着棉帽，这个冬天，她的身体越发虚弱。

母亲是父亲搀着进的门，母亲说：“楠，你帮我打盆热水吧。”

我从门口找来盆子，提起炉子上的水壶往盆里倒水，又掺了点冷水在里面，伸手搅了搅，然后给母亲找来一张小板凳。母亲挽起裤脚，把脚伸了进去。

“听赵医师这么讲，我是不能吃水果了。”

“是啊！”父亲站在一旁，弟弟也从内屋走了出来。

“我的两个儿。”母亲伸手揽我的头，同时示意弟弟到她怀里。

“你不用太担心了，现在医学那么发达，就算工资低，只要有机会，我都会把你看好的。”

母亲叹了一口气，这口气和前些日子叹的一样。有阿姨来看她，她向别人讲自己的病状。躺在床上，感觉天昏地暗，早上起来本来要送弟弟上学的，结果才站起来，就晕倒了。弟弟跑了出去，朝着父亲的工作车间跑。父亲回来后，母亲仍然昏迷不醒。父亲骑着自行车把母亲送去医院，在一间不大的诊所里，母亲呕吐不止，换了两个盆，里面全是吐出来的血。医生说，母亲是煤气中毒，父亲不信，这才转院，查出病症。

母亲的脚洗好了，她说自己不想吃饭，想睡觉。父亲决定给她熬点粥。熬粥的时候，我告诉了父亲，克里木叔叔今天有来找过他。父亲沉默了片刻，说知道了。

父亲让弟弟照顾母亲喝粥，然后让我把炉子封了，他去找下克里木叔叔就回来。

走的时候，母亲说：“你就给他讲，看能不能缓缓，如果不行的话，也不要耽误人家，他可以找别人看看。”

3

克里木叔叔有一栋房子，这栋房子的正面朝着卡布斯朗河，屋子前后种满了杨树、柳树。春天的时候，屋子被草地包围，有牧民在草地上放羊。这是这栋房子的优势，也是父亲想买下它的理由。在母亲没有生病的时候，我曾听到他们的聊天。

“孩子大了，我们总不能一直挤在这栋租来的房子里。”

“是的，这里很快就要被拆了！”

父亲从克里木叔叔家回来时，沉默不语。

我说：“爸爸，克里木叔叔不同意吗？”

父亲说：“嗯，毕竟他也需要钱，我再想想别的办法。”

三月中旬的时候，父亲还是没有想出更好的办法。春风来了，卡布斯朗河的冰开始消融，像往年一样，水依然清澈无比。克里木叔叔的房子周边再次长满绿草，柳絮纷飞。

我在小溪边洗鞋，看到有人住进克里木叔叔的那栋房子。那天，克里木叔叔帮着他们搬箱子，还清理了堆放在屋子院墙下的麦垛。

我跑回家，告诉父亲，克里木叔叔的房子住进了人。

父亲说：“正常的，他等不了我们。”

母亲在吃过赵医师开过的药后，气色像春风一样，渐渐地舒展开来。

父亲说：“房子的事情先搁着，你妈的病多亏了赵医师，要不是他，可能现在还不知道走多少弯路。”

母亲说：“看怎么感谢人家。”

父亲说：“我打算买点羊肉送去。”

母亲说：“库尔班老人的可能会便宜些，你可以去那里买。”

父亲听了母亲的话，晚上带着我去了库尔班老人家。库尔班正在用喷火器烧一只羊头，他家还没吃晚饭。

“库尔班大叔，我想买两腿你的羊肉。”

“哦，你该早点来的，早上杀了一头，要买的话，后天才能再杀了。”

“是买给孩子补补的吗？”库尔班停了停手中的喷火器，目光从我的身上扫视过。

父亲从衣兜里摸出一根烟，递给库尔班。库尔班把羊头放下，在裤兜里摸打火机。父亲见状，给他点上。

“不是，我买来送人的，所以你看可以便宜点不？”

“你杨刚子的病好些了没？”

“好多了。”

“该给他们补补的。外面买四十一公斤，我给你三十吧，后天早上来，我挑最好的给你。”

“好的，不过我还有事情拜托你。”

“什么？”

“可以帮我物色一栋房子吗？我们住的地方要被拆了，想寻个房子，最好宽敞点的。”

“这个没问题，找到了我给你讲。”

从库尔班老人家出来，我问父亲，为什么我们住的地方要被拆了呢。父亲说，那里快要被拆来搞绿化了，据说会种上大片大片的杨树。这样讲，我没有怀疑，此前我们已经住过很多地方了。

有一次搬家，母亲和父亲吵架。那是在三年前吧，我们才刚刚搬到那里，只住了三天，就有人来说那个片区也要被拆了，让我们赶紧走。母亲埋怨，说没有一个固定的住所。

父亲只是点起烟，若有所思地沉默。加上我和弟弟一直没有当地户口，上学总是要花高价，这不是长久的事情。父亲在心里谋划着，早点有一栋自己的房子，不管遮风避雨还是长久居住，都会比现在好很多。

不料，没多久，母亲就生病了。

4

赵医师家比我想象的要好很多。他家住在卡布斯朗河边上的一个小区里，走进那片看起来较为豪华的住宅区，我好奇地东瞅西望。在没有到达赵医师家时，父亲嘱咐我到了别人家要有礼貌，懂得喊叔叔阿姨，还有不要像现在一样东张西望。

我站在父亲的身后，他按了门铃，开门的是一个阿姨。不用想我也知道那是赵医师的夫人。

阿姨开门让我们进去，我照着父亲的样子换了鞋子。

父亲说："也没有好的东西，带了点羊肉过来，感谢赵医师了。"

阿姨说："来就来吧，还买什么东西呢！"

她说话时，父亲把装在蛇皮口袋里的羊肉递了过去，她朝厨房提去，并喊我们坐下。我和父亲都坐了下来，稍微环视了下屋子，总觉得不习惯。她从屋里走出来，端来两杯茶。你们坐会儿，赵医师出去了，一会儿回来。

在她家屋里待了半晌，依然不见赵医师回来，父亲就给阿姨说下次再来，赵医师忙，先不打扰了。

我和父亲是走着回去的。路上，我心里有些不悦。那块羊肉是花了几百块钱买的，买回来后，父亲一直挂得挺高，我和弟弟都够不着，起先弟弟还以为是买来一家人自己吃的，要是他知道是买来送人的，不知道有多失望。

我说："爸爸，妈妈的病还有多久才能好呢？"

父亲说："赵医师说的，你妈胃不好，这三年里起码是不能吃冷的东西，包括水果，大肉也少吃。"

我想到母亲三年都不能吃大肉，心里有些难过。母亲在没生病的时候，每天给我们做饭，还养了十来头猪。在她养猪之前，铁热克镇要在卡布斯朗河边上修堤坝，母亲跟着工程队干活，每天在河坝里筛沙子、抱石头，就是这样饱一顿饿一顿，才把胃弄坏的。有一次我和弟弟去河坝玩，母亲和两个阿姨筛沙子，弟弟图好玩，接过母亲的铁铲铲沙子。其中一个阿姨笑着说，让他体验下，看看钱的难挣。

回到家，母亲问："送了？"

父亲说："送了，只是没遇到赵医师，不然想问问那事他能不能帮上忙。"

母亲说："顺其自然吧，生这次病，我都没想那些了。"

母亲说的这话，其实我是明白的，父亲一直想给我和弟弟把户口落下来，赵医师虽然不是政府部门的人，但是医生总是和农民工不一样，身份高，路子也会宽些，或许能找到门路。母亲在生病后，就开始想家，想那个远在千里之外的南方。很多次，她都会和来看她的阿姨说，昏迷在床上的时候，我只是在想，如果我死在了这个地方，我的两个孩子怎么办，他们都还那么小。

弟弟是在天快要黑的时候回家的，他的数学不太好，周末的时候，他的数学老师专门腾出时间来给他和班上的几个孩子补课。

弟弟到家后，最先看的是那块羊肉。羊肉原先是挂在墙的上角的，现在不在了。

弟弟问："羊肉呢？"

我说："送人了，那是爸爸买来送赵医师的。"

弟弟不高兴了："我们都没得吃，为什么要送人？过年的时候我们都没有买羊肉吃。"

说着说着，他就哇的一声哭了出来，眼泪顺着脸庞扑簌簌地滚了下来。

5

那是一个明媚的上午，阳光从窗外透了进来。父亲走进我和弟弟的屋子，快起来，今天我们去捞鱼。捞鱼是弟弟很喜欢的事情，距离上次弟弟因为羊肉闹不愉快刚好一周，父亲近来一直思索着如何弥补他。没有什么比捞鱼更好了，不仅能得到一份美味的晚餐，还能改善他们之间的关系。

我和弟弟起了床，洗漱完走出屋子。父亲爬到鸡圈上找他的渔网，我们有几个月没有捕鱼了。现在是春末，正是卡布斯朗河里鱼活跃的时候。

网子被一些旧木块压住了，父亲用力掀开木块，一扯，网子不小心挂到一颗钉子，就这样，嚓的一声，撕出一个大口子。

看样子是不能捞鱼了，弟弟脸上露出担心之色。

父亲说："没事，你们找一只桶来，我去找网子。"

我和弟弟进屋，找到一只装有水的红色塑料桶，我们把桶腾了出来。父亲拿着一只大渔网回来。"怎样？在库尔班老人那里找到的，他今天要去放羊，说是有个地方鱼很多。"

跟着库尔班老人的羊群一路往南方走，那是一条大河，河的名字我不记得，也没听任何大人讲过。库尔班老人骑在枣红马上，他说："我不和你们去了，我的羊过不了河，我就在附近的柳树林里放它们，你们过了独木桥，继续朝南方走，一直走到那个山脚下就到了。"

"那里有河吗？"

"是的，那里的鱼很多，不过需要耐力，正是考验这两个小巴郎的时候。"

父亲决定带我们去。和库尔班老人作别后，我和弟弟、父亲踏上了独木桥。桥不长，我们在父亲的牵引下很快走过，岸的那边，是一块块黑色的麦田。当然，田地里似乎什么作物也没长。我们顺着田埂边的小路走，一直走到一条马路上。

马路修在山坡脚下，路边有水渠，里面流淌着湍湍春水。柳絮早已经纷飞完了，柳树抽出了绿芽。透过路边的柳树林，映入眼帘的，是一个农庄。这个农庄具体叫什么名字，可能父亲也不知道。拖拉机在地里犁地，发出嗒嗒嗒的声音。

弟弟说："爸爸，他们在种什么？"

父亲说："还没种，是犁地，准备种小麦。"

我看见人们拉运牛粪进入田地，同时拖拉机驶过，地里的土壤就像浪一样，一层层地卷起来，又落下去。走到一处山脚下时，出现在我们面前的是一个岔路口，父亲现在困顿，不知道该往哪儿走。

我觉得该走左边，弟弟说走右边。争论不下，父亲说，走左边吧，左边是下坡路，而且那边有人，我们过去问问，反正感觉应该离库尔班老人说的地方不远了。

走到一块麦地边时，父亲问一个正在套马的人："你好，请问前面是不是有一条河呢？"

"是的，你们是捞鱼的吧？"

"对。"

那人把马套在了一株老柳树上，父亲走上前去，递给他一支烟。

他说："你们这样捞鱼不好捞，缺一样东西。"

父亲说："什么？"

他说："铁锹。"

我和弟弟，还有父亲，都有些愣住了。

6

大叔叫买买提，是当地的农民，靠种麦子和放羊为生。那天真得谢谢他的铁锹，否则我们就捞不到一大桶鱼。

准确地说，那不算是河，而是三条并肩流淌的小溪。溪水最后汇入卡布斯朗河，那是一处比较险峻的河口，我和弟弟走到那个河口时，卡布斯朗河正流入一处落差较大的地方。水声哗啦啦的，说实话，有些害怕。

起先我们是在稍微朝上一点的地方捞。父亲拿着那把铁锹不知道该怎么用，买买提叔叔下了马。

他说："网子布在下游虽然能捞到一些鱼，但是这里的鱼多是群体出动，往往发现一条就会有一群，这个时候最好的方法，就是利用小溪挨靠着的优势，把一条河的水截堵了，让它改道进入另一条溪。"

他说完后，就跳上了马背，说是要去小溪的上游一趟。我们没问是去做什么，他只是说，捞好了，铁锹放在他家门口就可以了。

我和弟弟一直观察着溪水，溪水清澈见底，我们想看看到底有没有鱼。

还是父亲眼尖，他在一处沙柳的背阴处发现了一群鱼。二话没说，就用铁锹铲着溪水边上的石沙，噼里啪啦地，全往小溪里铲去，几下就堵截了溪水，迫使水改了道。鱼游不上去，只能往下游，父亲让我们快往下游去，找到一个狭窄的地方下网。

新疆的地多是沙地，渗水快。鱼群往下游动着，白花花的鱼肚子开始翻腾着，水越来越少，过了一会儿，基本没什么水了。干涸的小溪沟里鱼群翻滚着，跳跃着，有些最终落进了渔网，我和弟弟挨着全部捡进桶里。考虑到小溪沟里可能有新产的鱼卵，父亲又把改道的溪水扯了回来。

那天我们去还买买提的铁锹，他已经不知道何时到了家，正在屋子门口清理牛粪。

我说："谢谢你，叔叔。"

他说："不用谢，以后常来。"

我要抓鱼给他，他说不用。

买买提不知道，我也没有想到，那是我第一次去那个山脚捞鱼，也是最后一次，我再也没有见过当初借我铁锹的买买提叔叔。

晚上，妈妈熬制了鱼汤，那时候她的病已经好了很多。吃到一半的时候，克里木来了家里。父亲喊他吃饭，他说吃过了。

克里木的样子像是遇到了急事，来了也不坐，说是有事情要跟父亲讲，两个人就出门去了。

饭间，我问母亲："舅舅最近来电话了吗？"

母亲说："来了，他们可能下个星期就到新疆来。"

"真的？"弟弟显然被母亲的话惊住了，我们从来没有回过内地，也不知道内地是怎样的，更无法记起舅舅的音容。

饭快吃完的时候，父亲回来了。他说克里木的房子出了事情，房子卖给了别人，但是还没收到钱。那人把他屋子里的东西搬走了，现在人找不到了。刚才来是报过警了，顺便想问问，看我们愿意买不。

母亲缓了缓说："算了吧，下个星期哥哥就要过来了。"

我明白母亲没有说出来的意思。

7

舅舅来的时候，家里很热闹，父亲让我和弟弟去商店搬啤酒，买好吃的。那时候我才知道，原来我的舅舅长这样。很小的时候见过，但那时候年纪尚小，岁月冗长，谁又能记得住呢！

舅舅住了几天，发现没事干很乏味，他让父亲帮他找活。父亲给他找了一个在铁热克老厂拆平房的临时工作，房子拆后具体用来做什么，我们谁也不知道。

阿克苏的天气和南方的湿润气候是无法相比的，舅舅的体质适应不了这样干燥火辣的天气，他的鼻子开始流血，一连数日，他都流着鼻血。母亲急着给他找医生，医生也没什么良方，只是说水土不服。

舅舅决定要走，他和父母商量，把我和弟弟都带走，这也是他来的目的。

母亲说："以前还想过买房子，那时候总是搬家，现在觉得没买还好，这户口一直上不了，读书就一直花高价，现在是小学，等以后读初中、高中了，肯定供不起。"

父亲没有说什么，这些道理谁都明白的。

三个大人陷入了沉默，唯独我和弟弟很高兴，我们没有参与他们的谈话，我们都在旁边做作业。我正和弟弟玩着解毛线团的小游戏。说实话，我没有父亲那么多顾虑，我的内心对内地充满幻想，这么多年，我们一直四处为家，却一直没有一处是自己真正的家，我多想回到那块生我的地方……

舅舅带我们走的那天阳光很好，我们坐上一辆开往拜城县的夏利出租车，和我们作别的父母站在路边挥手，越来越远，越来越小……

一个多月后，我们的暑假就快要结束了，那时候父母还没有真正下定决心回老家。他们可能只是想着，让我和弟弟先回一趟吧，过了暑假，还可以再去新疆的。

有天舅舅给父亲打电话，说要开学了，到底给不给我和弟弟报名。父亲陷入了沉思。

再后来的一天，家里的座机来了电话。

那头说："嗨，巴郎，你猜我是谁？"

我不用猜也知道他是谁。

我说："你是克里木叔叔。"

他说："是的，前天赵医师来过你家了，说你妈妈的病没大碍，如果能去气候更好的地方，对休养更好。可是这可坏了，你大大他不买我的房子了，他还喊我给他干活。我买走了你家的一些柜子，我让他送了我一样东西。"

我说："什么？"

他说："闹钟。"

我说："不行的，我们汉族人是忌讳送这个的。"

他说："我不管，这个闹钟很漂亮，如果我不拿走，就会被库尔班那个老头拿走。他也在给你家搬东西呢。"

我笑了，我想起了卡布斯朗河，这两天，河里的水一定又涨了，要是没涨水，我可能会因为玩水再次被父亲追得满山跑……

绿蝴蝶

1

静美醒来时天还没有亮，她躺在床上，偌大的窗户没有拉窗帘，屋外城市昏黄的灯光透了进来。刚才的梦是什么？静美竭力回忆，可是怎么也想不起来。她明明记得的，刚才丈夫就出现在她的梦里，他好像说了些什么，他说了什么呢。静美这样想着，又昏昏沉沉地睡着了。

早上再次醒来时，她已经做完了第二个梦，这个梦和第一个梦毫无关联，可是这个梦又是什么呢，她也不记得了。她在梦里面好像还很清醒地叮嘱自己，一定要记住那些画面，一定要记住梦里的人说的话，现在却什么都忘了。

她站在镜子前刷牙，镜子里的她素面朝天，面容姣好，二十八岁的人，看起来比真实年龄要小很多。她发现自己头顶上有一根白发，是的，那确实是一根白发。她停止了刷牙，嘴边全是泡沫。她想用手去拔那根白发，这让她想起了什么，她想起了什么？发卡。对，梦里丈夫向她提起了发卡，他让她去找发卡。丈夫已经不在五年了，五年来消失得无影无踪，杳无音讯。而现在他却出现在她的梦里，还让她去找一只发卡，这算什么呢？

发卡真的找不到了，真是奇怪啊，昨天还戴着的发卡今天竟然不翼而飞了。静美掀翻被子，没有。她又掀开枕头，也没有。床头柜、梳妆台，都没有。去哪儿了呢？真是莫名其妙。静美找累了，她坐在床边，这才想起，今天是她和丈夫的结婚纪念日，丈夫就是在五年前的这一天消失的，那天他说要给她一个惊喜，可是下了楼以后就再也没回来。

难道冥冥中有什么指示？

想到这里，静美使劲回忆梦境，她感觉丈夫说的发卡不是在屋里，而是在外面，具体在哪个地方她实在想不起来了，该死。静美拍了拍自己的脑袋，她决定出去走走，人们都说丈夫已经死了，可是她不相信，谁也没有见到过丈夫的尸体，不是吗？但是丈夫的消失又那么平白无故，那么毫无道理。

静美下了楼，上了小区外的步行街，街上人头攒动。现在，她又像五年前的丈夫一样走出家门，可是她不知道丈夫当初走的是哪个方向。那天他要给她惊喜，他会给自己什么惊喜？那段时间他是想买什么给她的吧，仔细想想，自己好像又什么都不缺。

就缺……

难道是那件东西？那件东西是不可能再找回来了，丈夫当天就是去取那件东西？静美觉得这或许也不是不可能，但是丈夫怎么可能找得到那件东西呢？它已经流入社会那么多年了，不知道转手了多少次了。

再说了，那件东西和发卡简直是八竿子打不着，现在为何要去找发卡？

2

静美边走边想，她并不确定自己走的是哪个方向，走着走着，有个男人叫住了她。你是不是在寻找一只发卡。静美停住了脚步，转过身，你怎么知道。我当然知道，而且还是一只绿色的发卡。

静美疑惑地看着他。

不要这样看着我。男人看上去三十来岁，正坐在一张小板凳上，面前摆着一个卖手镯的小摊子。我知道发卡在哪里，我带你去。说着，男人着手收拾自己的摊子。

为什么你会知道？

因为昨晚有个人告诉我的，托梦说的。

托梦？静美更加不解了，难道是丈夫。可是不可能啊，丈夫怎么会给一个陌生男人托梦。她问道，是男是女。

一个小孩，男孩，十三四岁的样子，他出现在我的梦里，不过样子有些模糊了，记不清，说今天让我在摆摊的时候注意一个穿绿色碎花裙子的女人，女人披着长发，走路心神不宁，她在寻找一只绿色的发卡。

发卡在你那儿？

不在。

那你带我去哪里？

你去了就知道了。梦里面小孩只是这样说，别的我什么都不知道。

静美是不大敢相信陌生人的，更不敢随意和一个陌生男人去别的地方。前些日子，这附近还曝出两起凶杀案件，都是极其残忍的女性性侵案。可是现在她不得不去，她搞不明白这个男人怎么会和自己有相通的梦境。

男人的摊子很小，很快就收拾好了，地上七零八碎的镯子被他一股脑塞进了黑色的背包里。走吧。他站了起来，小板凳被他放回到墙边。

静美跟在他的身后，他们走进了一条巷子。他们没有说话，巷子越走越深，越走越窄。静美环视四周，全都是高墙，此时已经听不到街上的喧嚣声了，走在前面的男人背影看起来很高大，很强壮。到了一处拐角，男人停了脚步，他抬起头巡视，然后说，往左。他又往左转，那是一处更窄的巷子。静美有些犹豫要不要跟着他走，自己又不由自主地迈出了步子，这个巷子是条绝路。他们走到了尽头，眼前是一堵墙，巷尾还有余地，但堆着些木板、旧门窗类的杂物。

就是这儿了，男人说着把包放了下来，丢在地上。

这里？静美有些疑惑地看着他。

难道你没梦见这里吗？

我没有。

梦里说让我把你带到这里，但是后面具体要做什么我记不得了，我只记得这些。

不是说有发卡吗？

他是这么提过，但他并没有告诉我这里有发卡。男人逡巡着四周，周围没有高楼，也没有人，这是个城中村，四周的房子已空无一人。两个月前这里的房子就划定为拆迁对象了，现在人们都搬走了。

男人挪了挪步，靠近了静美。静美被他往后一逼，就靠在了墙上。你想做什么，她抬头看着男人。

你觉得这地方做什么最好？男人用手搭在了她靠的墙上，整个身体把她堵得死死的。然后静美看见了他宽大的肩膀，想跑，但是男人已经放下了搭在墙上的手，一把抱住了她。静美想挣脱，却挣不脱，她感觉男人把她抱得更紧了，他的右手在掀她的裙子，她感觉他在她的屁股上捏了一把。她又气又恼，一边挣脱一边问道：你想做什么？男人没说话，他的身子抵得很紧，那只掀裙子的手没有停止动作。她被逼得感觉气都喘不过来了。

她的手在做挣脱状。

男人笑了。你真可爱。他说。他的手已经掀开了静美的裙子。静美的脸一会儿红一会儿白，一边挣脱一边用手去掰男人的手，却怎么也掰不开。你想做什么？她停止了动作，死死地盯着他。

3

你要带我去哪里？静美被少年拉着一直往前跑。他们已经足足跑了十多分钟，静美想，那家伙应该不会再追上来了吧。你别管，跟我来就是。拉着她跑的少年边跑边说。

他们终于停了下来，横亘在眼前的是一条河，河边种满柳树，有护栏。少年和她都趴在护栏上喘着气。

他们又找了条长凳坐下来，半小时后，他们终于感觉危险已经远离，然后说起话来。

总算跑出来了，这巷子可真长。是啊。静美说，谢谢你刚才救了我。不用，我也是出于好奇。好奇？为什么。因为我昨晚做了一个梦，一个人跟我说，今天早上会有一个男人和女人到之前的那条巷子去，叫我去救人。救人？静美迷惑地看着他。对，只是我也不知道救谁，当我看见他想强暴你的时候，我就知道肯定是救你了，我拎着那根钢管就从背后闷在他头上，没想到这家伙这么命大，流了血不说，竟然还能追着我们俩跑。

刚才的事情静美还心有余悸，现在她似乎不害怕了，她感觉奇怪，奇怪为何少年会做这样的梦。梦里是谁告诉你要到那里救人的？是不是一个男的。

不是，是个老太太。

老太太？

对，一个六十岁左右的老太太，我也奇怪，但梦里面的其他事情我都忘记了。唉，我实在想不起了。

好吧。静美觉得有些失望，但又觉得很蹊跷，似乎有种神奇的力量左右着她，左右着他们。她把目光投向了眼前的河面，河上波澜全无，水静静地流淌着。

少年看她若有所思，伸出手在她眼前晃了晃。你在想什么。

我在想我做的梦，我做了两个梦，梦见我的丈夫叫我去找发卡，然后什么都没了。

你的丈夫？

对，她在五年前的今天离开家后，就再也没有回来过，那天是我们结婚一周年纪念日。

五年前……今天……男孩嘴里念念有词，他用手摸着下巴不知道在思考些什么。你确定是今天吗？他突然问道。

嗯。静美的回答很笃定。

五年前的今天我也来到过这里，就是我们站的这里，那时候我遇到了一个男的，个儿不高，还挺瘦，对，就是这里。他转过身来，指了指面前这大栋房子，那是一间间商店门面。这一间，看见没，当年还是一间首饰店，不对，是首饰店还是古董店我已经不记得了，我只记得那个男的从里面出来后，我们发生争执，然后，然后……

然后怎么了？静美焦急地看着他，她感觉少年描述的人可能就是自己的丈夫。

然后他推开了我，我当时才十三岁，对，那天下着雨，我们站的这里地上滑腻，那时河边还没修护栏，然后我气恼了，就趁他不注意从后面推了他一把，结果他不小心踩到了地上的香蕉皮，就掉进了河里。

河里？静美瞪大眼睛看着他。

对，河里，不过你不要这样看着我，他并没有死。当时，就我们对面的这个店里的店主冲了出来，跳进了河里，把他捞了上来。当时他已经昏迷不醒，我怕得要死，浑身发抖，以为自己杀了人。围在这里的人很多，店主救起他后又急忙开着车把他送去了医院。

医院？哪个医院。

离这里不远的长宏医院。

话还没说完，静美就跑了起来，她要去长宏医院，她要去翻记录，她觉得少年说的可能就是自己的丈夫。

见她跑得飞快，裙裾被她挽着，倒显得有些吃力了。少年在后面不停地追着，你别跑那么快啊，等等我好吗？我还记得他住的四楼靠楼梯间的第一间病房……

4

静美的手搭在了门框上，眼前的一幕把她吓到了。竟然是他，他的头上包着纱布，隐约看见红色的血影。男人躺在床上没有发现她，少年也出现在静美的身后，他们挡住了要走出病房的医生。

请问你们是病人的家属吗?

不是，静美说道。

不是就请先让开。

男人在听到静美和医生的对话后抬起了头，也被眼前的一幕怔住了。不过他不敢气恼，显然，他以为他们是来找他算账的。你们还来这里做什么，我的头已经流血了。他用手指着自己受伤的头，喋喋不休。我算怕了你们了，都是我的错，行不?你也看到了，我现在伤成这样，身无分文，我们就算两清吧，真是偷鸡不成蚀把米。

静美对他的话置若罔闻，她呆呆地走了进去，少年跟在了她后面。

男人反而有些怕她了，你们想做什么?他抬起头看着静美他们。

你还梦到了什么?静美问道。

你是说昨晚的梦?

对。

没有了，我都说了实话，我就梦见个十三四岁的小孩，他说有个女的在找发卡，我也不知道自己怎么会对你做那种事，唉，我想我是这些年没近女色，想疯了吧，我真是个疯子。他说着，低下了头，抽打着自己的脸。希望以此来博得同情，希望静美不再追究那件事。

你不用这样，你再想想，到底还梦见了什么。

他觉得静美好像并非要追究前面的事，就缓缓地抬起了头，虽然受了伤，不过他的脸轮廓明晰，怎么看都还算俊朗，怎么看都不像是会做那种龌龊事的人。

他看了看静美，又看了看她身后的少年。少年看他的眼神很是奇怪，他看少年的眼神也很是奇怪，他是在哪里见过他？在哪里呢，他暗自想着，但是又想不起来。

突然，他说道：花。

花？什么花。静美盯着他充满疑惑。顺着他的目光转身看了看门外，一个女人正捧着一束花站在走廊里和护士说话，估计是去看什么病人的。

梦里面好像有花，是花还是花店，我记不起来了。男人说道。

我知道。男人的话还没说完，少年就接了他的话。我知道花店是什么了，他这么说，我好像明白了。

明白了？静美又转过脸看着他。

对，花店，我的梦里好像也出现了花店，虽然没有明确地提到，但是我总感觉我梦里所站的地方离花店不远，又或者就是在花店里……

还没等少年说完，静美就跑了出去。这回少年同样紧随其后，静美冲到楼下的大厅时止了步，她冲到了一个没有人挂号的窗口前，帮我查询个记录可以吗？她拍着窗子。

里面的工作人员正慢条斯理地品着一颗糖，请问你是病人的家属吗？

是的。

那病人是哪间房？

401，你帮我查查，快，我想知道五年前这里发生了什么，五年前的今天，401住了什么病人？

那人有些愣住了，迷惑的眼神里似乎还带着不满，你是在玩我是吧？查五年前的？我这里查不到。

你帮我查查吧，五年前的今天。

不行，如果你不是挂号就请你别在这儿烦我，请你看看你的后面。

静美转头看了看，刚才还没人排队的窗口，现在后面站着一大排大叔大妈，个个都用不满的眼神看着她。

静美骂了一声妈的，然后转身又跑了出去。

少年摸不着头脑，也跟着跑了出去，在后面喊着：你知道花店在哪里吗？这附近只有一家花店，就是南京路的那家……

5

远远的，静美停住了脚步，服务员正擦着花店门口的玻璃门。少年从后面赶了过来，他喘着气，你跑得真快，可是你想过没有，你到这里来做什么？

是啊，静美来这里做什么？她只是心急，只是思夫心切，只是因为听了刚才那个陌生男人的一句话，可是她并不知道到这里来做什么啊。花店没有她的丈夫，也没有她要找的发卡，她来这里做什么呢？

你跑得太快了，也不听听我想说什么，少年在她旁边说道。

你想说什么？

五年前的那个人没有死，他后来被救了过来，那是一天后的事，他的手机掉到了水里，包里的东西都没了，他又一直不省人事，没人能联系到他的家属。

然后呢？静美对丈夫接下来的事充满好奇。

然后他没有和任何人说话，也不知道他从哪里摸到了一只发卡，就这样捏着，天外下着细雨，他的眼神愣愣的，不知道在想什么，捏着那只发卡就出去了，最后我们谁也没有找到他。

发卡？静美迷惑了，她再次想起了自己的梦。她断定少年所说的就是她的丈夫。她说道：我昨晚梦见他给我托梦，让我去寻找一只发卡，而我前些天戴的一只绿色的发卡，竟然神奇地消失了，我也不知道这是怎么回事，也不知道他指的是不是我的那只发卡。

事情实在太蹊跷了。少年说道，你知道吗？刚才床上的那个人我见过。

你见过？

对，或许他也发现自己见过我，从他刚才看我的眼神，我就知道，他一定是对我有印象的。或许时间久了他记不得那么多了，可是我还记得。

你记得？

嗯，我记得，如果说五年前落水的那个男人是你丈夫，那么他就是下水救你丈夫的人。

少年又摸起了他的下巴，像是在做一种深入的思考。

如果他救过我丈夫，那他今早上又怎么会那样对我？

凡事都说不一定的，你忘了，你看看我像坏人吗？少年低着头，看着静美。

不像。

是啊，我不像坏人，我也不是坏人，可是五年前我差点就成了杀人犯。今儿早上他那样对你也不能说明他就是个坏人。不过，不过又有点让我迷惑。

什么地方让你迷惑了？静美抬着头看着他。

五年前救你丈夫的人身家起码也有千百万吧，我记不起那是一家古董店还是首饰店了，反正他是店主。可是刚才他说什么，他说让我们放过他吧，他现在身无分文，他偷鸡不成蚀把米，受了伤，叫你把前面的事情一笔了清。如果说他是那个人，那他现在怎么变得这么潦倒的？

静美低着头觉得不是不可能，五年时间能让一个人暴富，也足以让一个人沦为乞丐，况且他还不是乞丐，他还能卖首饰。对了，他卖首饰，他的首饰都是地摊货。

首饰……珠宝店……珠宝店……首饰……

这样想着，静美觉得那人就是当年救自己丈夫的人。

她又要跑了，她要去追问那个人关于当年的事情，可是这次她刚跑，就被少年抓住了。

6

你抓着我做什么？静美转过身看着少年。他太没有礼貌了，眼前的这位姐姐多少有些姿色，他的手竟然搭在了她裸露的肩上。你快放开我，静美挣扎，少年却不以为意，他的手紧紧握着静美的胳膊，眼睛却盯着前面的花店。

别动。少年说了句。他的目光还是盯着花店，他又低了下头，闭了下眼睛，那样子像是竭力在思考什么。你有没有觉得花店很熟悉？我有这种感觉。

少年不提花店她还忘了，她也愣愣地看起花店来。可是花店并没有什么变化，那个在外面擦玻璃门的服务员依然打着水做清洗，花店里没有任何人走出来，也没有任何客人走进去。

刚才医院里那个男的提到花店的时候，我就想起了我昨晚的梦，我梦见了我所在的地方像是花店，我刚才一直在想，我到底在花店干什么，现在我想起来了，除了买花我还能做什么。

对啊，花店除了能买花和卖花还能做什么？

静美好像也想起了什么，她的第二个梦就和花店有关。

买花，对，买花。少年自言自语，我梦见我买花。

你买花，我卖花，对，是卖花，你难道是我第二个梦里的那个年轻人？不对，静美觉得不对，梦里是个中年人不是个少年。

你应该是梦里的那个老太太。

他们都被彼此的梦惊住了，他们竟然做了同一个梦。

是的，卖花，我现在想起来了，梦里的人来问我，有没有一种特殊的花。我说你要什么特殊的花。他说，蔷薇代表求爱，百合代表百年好合，向日葵代表爱慕，送一朵玫瑰代表一个人心里只有对方一个人，送两朵玫瑰代表这世上只有相爱的两个人……

他很懂花，但是他说他不知道该送自己想送的人哪种花。

最后呢，最后他选了什么花？

他没有选花，他压根没有找到合适的。我问他，你要送花给什么人，他说……他说……

他说了什么？少年对此充满好奇。

我说了你会生气吗？

不会，这只是梦，并不代表真实。

可是我希望这是真实的，你该知道，或许这是我找到我丈夫的线索，但是我也不希望这是真实的，这算什么呢，你说？只有死人才会托梦，我不希望我的丈夫已经……

说着，静美就哭了起来，她的眼泪从脸上滚了下来。

快说那个人说了什么？少年急切地问道。

他说自己要送给一个同性，他喜欢上了一个男人，大自己很多的男人，他问我该选哪种花好。可是我真的不知道，我第一次遇到这样的事。我给他挑选了好些花，但是还是没有找到合适的，最后他就走了。

静美说完，她的眼泪已经淌完了，她用一种胆怯的眼神看着少年那难以描述的表情。

我知道怎么回事了。少年愣愣地说道，我们三个人各自交叉拥有着一个梦境。你和我共同的那个梦境是我们未来的。

那医院里的男人的梦境是你的过去？他说梦见一个小男孩告诉他我会去寻找发卡，可是发卡在哪里？为什么会有这么一个梦？

现在想这些也没有用了，只能回医院看看，或许他能想起些什么来。

7

静美和少年再次返回医院时，那个男人已经不在医院里了，医生说是男人自己要出院的，他的伤很重，可是男人说自己身无分文，没有钱继续待在医院里，就包着纱布出了医院。

出了医院，静美和少年都不知道该往哪里走，人海茫茫，上哪儿去找那个男人呢？

你说他会去哪里？静美站在医院门口的樱花树下，尽管是细雨，但是夹着点风，雨驻了以后，地上稀疏落了些粉色花瓣，这让她又想起了伤心事，她不由自主地提了提裙子，蹲了下来。

有个地方不知道他会不会去，少年若有所思。

哪里？静美抬头看着他。

走吧，我也只是猜测，不一定准。

少年把静美再次带到河边的时候，天空已经完全放晴，地上有些地方洼着的水也已经渐渐蒸发掉。那个男人果然在那里，他正坐在早晨少年和静美坐过的长椅上呆呆地看着对面的门面。

那是你以前的店？站在长椅旁边的少年问道。

嗯，以前是，那时候我是个败家子，不成器，一场赌博我输了一切。这回男人对他们的到来好像并不害怕了。

可是你也曾做过好事。

什么好事？坐在长椅上的男人看了看少年。

你在这条河里救过一个人，对吧？还记得吗？

你怎么知道，莫非……

是的，我就是那个卖花的小孩。

卖花？静美有些呆了，她看了看少年。你以前卖过花？

对，所以当他在医院里说到花的时候我就想起来了，你还记得早上不，我只是说我和你的丈夫发生了争执，但是并没有告诉你事情的起因。那天我看着你丈夫脸上挂着笑，朝珠宝店这边走来，你知道的，一般这样直接走进珠宝店的人就算不是有钱人，也是已经把钱准备好铁定要买东西的人。我知道他一定有钱，可是那天我的花一朵也没卖出去，我拦着让他买花，但是他不肯，他好像很急，差点把我推倒了。就是你的丈夫，你知道吗？那天我才吃了一碗稀饭，很饿，接近天黑了，竟然一朵也没卖出去，我实在太倒霉了。我就想到了摸包，以前摸过，但是我不知道他是怎么察觉到的，当我趁他不注意走进店里摸包时被他一把抓住，我们就发生了争吵。出来后我们被人围住了，他似乎是想报警，摸手机要打电话，我趁他不注意就……

你……静美不知道该说什么。

不过你丈夫并没有死，你也不要怪他。陌生男人说道。

那他去了哪里，你知道吗？

我不知道，那天他在我的店里买了一只镯子，镯子是个古董，很贵，是我父亲以前从民间淘回来的。不知道他哪来那么多钱，来买时好像是早就决定好了似的。

静美知道丈夫要给的惊喜应该是镯子了，可是她怎么也没想到，他会把静美母亲身前当掉的传家宝找到，也不知道哪里来的钱……他确实是要给她这个惊喜的，要知道，母亲是静美在这个世上唯一的亲人。

镯子呢？

镯子不知道去了哪里，应该是掉进了河里。他从医院里被救起来后，就捏着一只发卡走出了医院。我悄悄地跟了出来，看见他来到了这条河边，但是他没有下河。或许是被之前的落水吓到了吧，他一直沿着河边的堤岸走，好像在寻找下水的地方，他可能是想捞回镯子，又可能是想做别的。到处的堤岸都修得很高，岸两边的树也很茂盛，天渐渐黑了，我跟着跟着，就不知道在哪里跟丢了他。就这样。

说完，男人叹了一口气。

我要去找他，去找发卡。静美转身就朝河边的柳树丛里走去，少年去拉她，以为她会做出什么傻事，却被静美挣开了。不知道她现在哪来的力气。你别管我，放开我，我不会做傻事的。

她走了，一个人走，沿着堤岸边的柳树丛走，沿着她丈夫曾经走过的路走。

云开雾散，阳光露了出来，稀疏落进树丛里，斑斑驳驳的，静美看到眼前的花上躺着什么，绿色的，是发卡？她疾步向前走，可是不是。那是蝴蝶，是绿色的蝴蝶，蝴蝶从花上飞了起来，飞在静美的前面，它越飞越高，越飞越远，飞出了树林，飞上了河面……

南方

开端

9月12日，我省青年诗人陈某某不幸离世，享年28岁。他的诗歌题材广泛，多涉及边缘人群，其写作手法娴熟，善于运用多重隐喻，且意指深刻……

——摘自内刊《曙光》编者按

正文

1

下了车，映入眼帘的是一条山径小道，我问陈爷，从这里去陈家祖坟还有多远。陈爷弓着腰，拄着拐棍，抹了抹胡子说，十五华里。

十五华里对于年轻人而言，也就一个钟头的路程，陈爷不同，陈爷已经七十多岁了，走山路会很费劲。我扶着他，他边走边感叹，说当年陈某某就出生在这座山后的老瓦房里，后来山里的人外出打工，赚了些钱，把家安在了山下的集市上。陈某某的父亲后知后觉，三十来岁才出山干苦力，快四十岁的时候，才打算修栋新房，新房子没住多久，人就死了。

我问怎么死的？难道死得也很蹊跷？陈爷说，蹊跷倒谈不上，只是没什么征兆，很突然。那天陈某某的父亲帮人割谷子，割着割着，说是口干，村里的王妈就给他拿水，水还没拿到田里，人就先倒下了。没人知道是怎么死的，可能真如昨晚那位谢大师所说吧。

谢大师所说的事情，听来虽然邪乎，但也不是没有可能。我想知道关于陈某某母亲的事，陈爷摆摆手，说莫提了，反正是个苦命的孩子。如果真如谢大师所言，那么陈某某死后没有子嗣，这家人岂不是断了香火，我想到这，顿觉悲凉。

陈爷说，谢大师是邻县出了名的风水先生，我相信他说的话就算不是九分真，起码也是七分靠谱，不然这样的事，也不会发生在他家这支陈姓上。

想来，陈某某的死定和谢大师所说的沾点关系。山林里的路不好走，小路荒废了几年，路边的杂草将路掩盖得痕迹模糊，有些地方甚至长出倒钩刺来，一不小心，就被挂住衣服和裤脚。还好陈爷早有预料，我听他嘱咐，带了把镰刀来，一路走，一路砍。

据陈爷交代，陈家寨子以前是座大寨，陈姓人全部居住在山上。旧社会时期陈姓为大户，十分得意。明末清初，农民军起义不断，吴三桂反清、张献忠称帝等事件的发生，导致四川人口锐减，田园荒废。为积极响应康熙西迁政策，当时居于江西的陈姓家族还算有些势力，他们在贵州一代做山货买卖，就分了一支过来，好料理生意。这支陈姓在黔北地带扎了根，开枝散叶，人口越来越多。可真要算下来，诗人陈某某并非出自书香门第，相反，他家境贫寒，不是真正的陈氏后裔。他的高祖父给人当长工，就跟着主人姓了陈，临死时三十来岁，喝了一口米汤就咽了气，唯独他曾祖父活得久些，快五十岁的时候，去山里砍柴，也是砍着砍着就没气了。他祖父更早，三十不到，一场大病，痛得人事不省，药石无效。

仔细这么想想，可能真是祖上受了邪，所以这支人天生命短。可按照谢大师的说法，问题全出在他高祖父的坟墓上，荒山野岭的，加上年月经久，草木丛生，那坟地也不知还能不能找到。我和陈爷走到一座陡峭的山脚下时，陈爷指了指前面，问我看到没，说前面那座矮小的土堆，就是陈某某的祖坟。

昨晚谢大师说，这座坟墓的“乾向”一定有处水洼处。关于这点，陈爷说自己实在记不起来了，毕竟陈姓人口众多，陈某某家也不是真正的陈氏后裔，族人并不重视，加上大伙搬离至山下都十来年了，山上曾经什么样子，早就模糊了。我顺着陈爷所指的方向，透过掩映着的草木，看见山头上确实有那么一座矮小的坟墓。不管是不是，总是要过去看看的。我拿着镰刀砍了砍小路边的灌木，扶着陈爷继续往前走。

陈爷说，谢大师说的原话他记不清了，只能翻看笔记本。我见他手脚不灵活，在旧中山装的衣兜里摸了好一会儿，还没掏出来，就主动帮他拿了出来。笔记本上写的是这样一行字：乾宫如果现洼地，大水浸然太苦情。女子哭她丈夫死，堂中缺少当家翁。也就是说，陈某某祖坟的所在地，其“乾向”的位置会有一处水洼，是这处水洼给他家带来了世代灾难，诅咒了他家几代男丁。

我们爬到坟墓的所在地，陈爷累得直喘气，想坐，又没地方坐，我扶着他。

“是这里，是这里。”陈爷一只手拄着拐棍，一只手指着眼前的矮坟说道。

坟墓再过些年岁我想是很难分辨出来了，不知道经历过多少年的雨水洗刷，这里已经被冲洗得矮小平整，加上杂草繁多，真难辨认出来。墓碑是没有的，毕竟是小户人家，听说当时陈某某的高祖父死得可怜，死了是用一块门板抬上山的，匆匆忙忙就埋了。

陈爷又开始在他又宽又大的中山装衣兜里摸东西，我问是啥？他说是罗盘。

陈爷说自己虽然不懂，但是年长的人，总会关心自己身后大事，没事就买来研究研究，说是研究，其实只是随意鼓捣，懂点皮毛。农村人信这个，埋得好了不说，埋得不好还真有家破人亡的。

这话我当然信，不然怎么会有人出高价请道行深的风水大师看地。谢大师声名在外，就是不知道他看得准不准了。我欲从陈爷手中接过罗盘，陈爷说不慌。他从衣兜里摸出一小袋米来，我问要米做什么，陈爷说，这你就不懂了。陈爷打开塑料袋，让我找块平整的石头来，我在地上摸来摸去，从杂草里找了一块勉强能用的。我按照陈爷说的，把石块摆在坟头顶的正中间，我想看看陈爷想干些啥。陈爷不慌不忙，在石块的四个角上撒了些米，把罗盘端放在石块上，罗盘的针动了动，“乾”的方向清晰辨出。

“这边！”我说。

罗盘所指的方向长了一堆灌木林，灌木林挡住了视线，看不清远处到底有没有水洼。

陈爷说：“走，我们去看看。”

我又开始披荆斩棘，这回我们艰难向前，山路有些陡，走出那小片灌木林的时候，眼前所见令我费解，我问陈爷谢大师到底算得准吗？陈爷感叹着：“准，准的，可是这次怎么就不准了哩？”

“乾”的方向并没有什么水洼，而是另一座坟，这坟不知道是谁家的。按照陈爷的说法，这片山林十年前就退耕还林了，村里把山林包给陈爷的儿子管，每月能从村委那里领取二百块的生活费，可是谁家在此地埋了一座坟，竟然不得而知。按理说，方圆二三十里，谁家死个人，对门邻寨的，都是知道的，至于埋在哪里也是知晓，莫非这坟是座空坟？

听陈爷这么说，我觉得蹊跷了。为啥会有座空坟呢？

陈爷和我趴在坟头上，仔细端详墓碑上的碑文：杨公伦德之墓。碑文日期为公元 2009 年 6 月 8 日寅时。也就是说，这坟已有 7 年了，可是坟前的草地割得平平整整，四周无任何灌木丛，怎么看也不像那么久远的坟啊。

陈爷拄着拐棍在坟前踱步，不时用脚试探泥土的松软度，或者弯下腰捡泥土在手中研究。

“小夏，你挂过纸吗？”

我凑了向前。

“挂纸？当然挂过，每年清明的时候，父亲总会带上我去扫墓，给祖上的坟地挂青。”

陈爷起身。

“那就对了，你再看看这座坟，据碑文所记载，这杨公死于己巳年，且当时有子女三人，试问，现在已近7月，清明节早就过了，这坟头竟然干干净净，没有任何青衣，更没有插青衣所需的树枝。”

陈爷这么一讲，我也觉得奇怪，莫非这座坟真的是空坟，那么空坟的主人是谁，这座空坟难道和陈某莫的死有关。

“陈爷，这片山以前属于谁家的？”我忍不住问道。

“这片山以前谁家的也不是，属于集体的。但是这座坟旁边的这株大槐树一直到陈某某家那座矮小的祖坟，这个片区内，曾经都是他家的林地。所以，这座坟到底是谁家来起的，真的说不清了。”

是说不清，我自己也觉得。垒一座坟不容易，这里山高水远，谁把石头搬运上来的，且这些坟石都是打磨工整的，要搬运这些石料需要耗费不少财力物力，周围几乎没有捷径可走，唯独我们走的那小路可行，可小路上杂草丛生，根本不像是被重新披斩过的。

陈爷长长吁了一口气说：“我们走吧！”

和陈爷下山时，我感觉他面色恍惚，总觉得有什么事瞒着我，我压制不住好奇心问陈爷，是不是还有什么我不知道的？陈爷沉吟良久，嘴里念念有词：“不可能，他不可能早有预料，年前的时候，他来村里，在我家住，当时他从外地打工回来的堂哥堂弟都在，那晚他打麻将输了些钱，心情不是很好，一个人出门抽闷烟，我听见他跟人打电话，电话里发生了争吵，争吵声很大，我听不真切，但隐隐约约像是在说，这关我鸟事啊，我不找她麻烦就好了，还有广西那个死婆娘，我想杀了她……”

我问陈爷，和陈某某打电话的人是谁，是男是女？

陈爷冥思苦想，说是男的，只是分辨不出是谁，反正不是本地人。

陈爷说自己以前去河北当过兵，加上又爱看电视，如果没猜错的话，应该是北京人，只有北京人的普通话才是那样的。

2

北京很大，到北京后，我径自去了宋庄，在那里我找到了要找的人。陈某某在世时，曾在宋庄待过一年，那时候他喜欢和一个叫本溪的诗人混在一起。本溪是陕西人，上世纪 80 年代生，既写诗也作画。在宋庄的日子，怎么讲呢，外人看来逍遥自在，其实冷暖自知。有那么一群人，他们天天喝酒、作诗、画画，日子就这么过着，期待哪天自己的作品能付梓出版，一鸣惊人，可很多人毕生都无法实现。

本溪所住的地方偏僻，那是一座北京特有的四合院，他的画室就坐落在其中一间。画室的柜台上，摆放着十来幅画作，有他自己的，也有别人的。我那天到达本溪画室的时候已经是深夜两点，全身疲惫，倒头就睡。

早上醒来，本溪在门口侍弄花草，我问他陈某某死之前给他打过电话没？

本溪说："打过，打过三次。一次是去年三月，陈某某说自己找到了工作，在一家传媒公司上班，我在电话里替他高兴，他笑得很开心，说下次来北京一定请我喝酒。还有一次是去年四月，他突然在一天夜里打来电话，明显是喝了酒，说自己不想干了，没意思，想去桂林闯闯，其实我是知道他干不了传媒的，他的心太飘，但作为朋友，我只能祝福。最后一次，是在去年的九月，他喝了酒，说想杀人，我问他想杀谁。他说想杀一个女人，他要把她杀了，我问为什么，他却没有回答。”

我好奇心来，“这个女人你也不认识？”

本溪不急不慢地给花浇水，那是几盆雏菊，这种花在南方的庭院里最常种，我家也有。花开于春夏之间，北方可能会晚些时日。花朵较小，样子呈淡黄色或白色，生机盎然，花香淡雅。南方的老人喜欢采来泡茶，据说有滋阴补肾的功效，因此也称“延命菊”。

本溪若有所思，说：“我怎么知道。他想杀的人很多，他曾经和一个女人……”

我问陈某某和一个女人什么？

本溪似乎是怕说漏什么，他顿了顿，补充说没什么。可本溪的神情心不在焉，那盆雏菊浇的水已经很多了，再浇恐怕会漫出来。

我说：“这雏菊真美！”

本溪感叹，“是啊，这花还是陈某某种的，去年花死了，结了种子，我把种子保存好，今年又撒在盆里，竟然长出了新的。”

“他喜欢这种花？”

“喜欢，陈某某说这花也叫延命菊，我也不知道他为什么喜欢这花，现在想想，他可能早有预料自己会早逝吧。”

本溪的话让我充满狐疑。

“你的意思是说，他生前很喜欢这种花？”

本溪沉思片刻。

“嗯，他给我讲过一个故事，你想听吗？”

“什么故事？”

本溪放下水壶，扯过挂在门口的一张毛巾擦了擦手。

“在南方的一栋老瓦房里，曾经住着一户普通人家，每年这户人家都会种很多雏菊，雏菊花开的时候，屋前屋后黄黄的一片，很漂亮，花香四溢，会引来许多山林里的蜜蜂。那时候，陈某某的父亲能根据蜜蜂们的行踪觅到它们的住处，它们常常筑巢在山林里的崖壁上又或者是古木的树洞里，陈某某的父亲能用各种方法把蜜蜂召回家，将它们移到屋后檐下的蜂桶里，这样的一个冬天，他们能吃上最美味的蜂蜜。可是有一年冬天，山下来了几个商人，商人们穿着华丽，在买过几桶蜂蜜后，陈某某的母亲就跟着其中一个男人走了，走时陈某某的母亲和父亲大吵了一架，摔得家里锅碗朝天，狼藉一片。陈某某的父亲是个懦弱的男人，几天后也背着包袱下了山，一边打长工，一边寻找他的母亲。”

“那他父亲当时怎么不留住他母亲呢？”

“留不住，那次他趴在门边的门缝里，听见了他父母的争吵，知道了一个秘密。他母亲说，你就快死了，难道要我一直守寡吗？他的父亲沉默不语。后来才说，只希望她能把陈某某也带走。然后他的母亲哭得歇斯底里，说，早知道你会这样早死，我就不会嫁给你了，还说要带她走的那个男人提了要求，不管什么条件都能答应，就是不同意她带个拖油瓶。”

“他父亲得了什么病，为什么会早死？”

“没有得病，而是一种诅咒，据陈某某讲，他家的人都受了一种诅咒，这种诅咒已经种在他家几代男丁的身上了。”

本溪所说的诅咒，我当然再清楚不过。早前在和陈爷上山后，这诅咒不是已经不攻自破了吗？我问：“如果是这样，那么陈某某应该早有预知，为何又会死在广州的一家四星级酒店里呢，而不是回家乡再死？

难道他想做孤魂野鬼？”

本溪一脸茫然。

“是啊，这一点我也不解。”

正在我们聊天之际，另一间房里传来了小孩的哭声。本溪让我先进里屋坐会儿，他去看看，然后请我出去吃早餐。他抱出那个孩子时，我看清了孩子的模样，很漂亮，是个男孩，约莫半岁多，眼睛黑黝黝的，本溪把他拥在怀里，脸上流露出父亲般的喜悦和疼惜。

“本溪，这是你的孩子？”

“是啊，挺乖的，就是爱哭。”

我本想问问孩子妈妈的，却没有问，这个问题不用问，也没有必要问。圈里人都知道，本溪从未结婚，这孩子估计是私生子吧。

我们在宋庄很普通的一个面摊吃的早餐，本溪在我面前尽显一副慈父的样子，我由衷地祝福。

“本溪，依你来看，陈某某是怎么死的？”我遏制不住自己，问了这话。

本溪给孩子喂奶，姿势却不太对，奶瓶里的奶显得有些多，且呛到了孩子。孩子哭了起来，嘴里鼻子里都冒出奶来。本溪急忙把孩子抱起，接下来不知道该怎么做，只见他胸前已经被一摊奶水濡湿。

“把孩子倾斜一下，别仰，免得再次被呛到。”

他一边给孩子擦嘴，一边哄着，动作有些笨拙。好一会儿，孩子还在哭。我想帮忙，可都是男人，我也不懂具体该怎么做。

本溪急了，把孩子抱给我，自己摸了裤兜，不知道是谁打电话来。他接电话的时候没有在我身边，他走出大约十来米远面对着一堵墙接的。开始的时候声音不大，后来说话声就大了，再到后面直接吼着，

“我要怎么说你才信呢？随你便吧……”

本溪挂掉电话，一脸的怒火。

我说：“谁？”

本溪说：“一个老朋友。”

我觉得本溪有事情瞒着我，这里有三个疑问：一是本溪说和陈某某最后一次通话时，陈某某说想杀一个女人，这个女人是谁？二是本溪说陈某某想杀的人很多，他曾经和一个人……这个地方的人所指的又是谁？本溪欲言又止的部分是什么？三是刚才和本溪通话的人是谁，他为何向那人解释说要怎样对方才信？对方需要相信什么呢？

我困惑不已。

见我的情状，本溪或许猜到了些什么，他感叹道：“人有千千万万种，活着的时候不一样，死了当然也不一样。有些事情不必追究，既然过去了，又何必耿耿于怀呢。”

本溪所说不无道理，可是好好的一个兄弟，就这样离开了我们，还那么不明不白，说不痛惜是不可能的。在南方时，我和陈某某早就认识，素来仰慕他的诗歌。

“我只是想弄清楚一些事。”

“弄清楚又能得到什么，他生前很多事情都弄不清楚，他死后很多事情就更弄不清楚了。”

这话让我不明所以。

“本溪，你是有什么事情瞒着我吧？”

“没有，我只是觉得人死不能复生，何必再掀风浪。再说陈某某兄弟也已经安息了，我们这样查来查去，最后又能给他带来些什么呢？”

是啊，我们又能给他什么呢？我不禁自问道。

“没有人知道他是怎么死的，如果有，我觉得最大的原因还是为情所困，没有人比我更清楚这一点了，他在情感上受到的挫折不知道有多少！”本溪说这话时神情认真，似乎并非虚言。

“本溪，你能告诉我一些实情吗？”

孩子的哭声渐渐小了起来，本溪抱着他，顿了顿。

“他来北京找我的时候，经常在夜里和一个女孩通话，每次通话时间长则数小时，短则半小时。我问过他，他说那是他喜欢的一个姑娘，南方人，名字里夹着一个‘水’字，在陈某某的诗歌里，我们经常能看到‘水’这个意象，原因是他的感情生活和此相关。某天晚上，我们喝酒，很醉，他又和那个女孩通话，长达一个多小时，事后我问他，那姑娘知道他对她的情谊吗？陈某某说不知道。我说，你应该说出来的。陈某某说，算了，好的人和物不一定要占有。我想再次说服他。他问我，你看过刘亮程的散文《一个人的村庄》吗，我说没有。他说里面有句话他很喜欢。我问什么句子，他说，落在一个人一生中的雪，我们不能全部看见。我不明白他为什么说这样的话，直到他离开北京，我在他的房间里找到半张被烧过的纸片，我才知道了他那不可言说的秘密。”

“他有什么秘密？”

“这点我想这辈子我都不会说出来，有些秘密，是必须要替别人保守的。”

说到这里，孩子不知道怎么的，又哭了起来，像是想回家了。本溪抱起孩子，逗他，却未想放在他身旁的手机被我看个真切。我记性本来就好，那串号码就摆在我的眼前，能让我不记住吗？加上好奇心使然，我就这么记住了那串本溪才接的电话号码。

3

我和女人是在一家咖啡厅见的面，她很高挑，也很漂亮。见到她的第一眼时，我就猜到她是本溪的女朋友，准确地说，应该是前女友。她叫亚楠。

“你比我还灵敏。”

“是吗？”

“你该和我一样做警察的，可是你却做了文学编辑。”

“这好像并不矛盾，你不也是吗？本可以做模特的，但是却破了不少案子。”

我们相视一笑。

我们之间的谈话最终归宿到一条线上，她问我想得到什么，我说当然是关于诗人陈某某的一些信息，我相信陈某某在北京的那段日子应该和她谋过面，甚至可能有较深的交往。而我也早就猜到了一些端倪，譬如本溪所抱的孩子不是本溪的，就算本溪流露出多么慈悲的父爱，可本溪那笨拙的哄孩子技巧，实在让我看不出那就是本溪的孩子。

“是的，那孩子不是他的。如果是，我就不在这里和你喝咖啡了。”女人的手指很纤细，她喝咖啡的动作也很优雅。

“那是谁的？”

“一个诗人，就是你要了解的这个诗人的。本溪一直试图在解释，他告知我那孩子不是他的，开始我不信，可是我最后还是信了，我只是不想那么便宜他，我想和他闹，我就喜欢看他那犯急的样儿。”

我无法理解女人，特别是无法理解这样一个漂亮的女人，为何会有这种嗜好。再说了，以她的条件，找一个比本溪强的人再容易不过，何必把心思放在一个没有任何前途的落魄诗人身上呢，就算本溪还有一个画家的身份，但估计这辈子也难以画出一幅惊世之作。

“你是怎么知道孩子不是本溪的？”

亚楠轻摇了下咖啡，微微抿了一口，“直觉，以我对本溪的为人来看，他是个能为朋友两肋插刀的人，再个，我是警察，警察有警察的嗅觉。”

“好吧，那你是警察，依你来看，陈某某是怎么死的？”

“他应该是抑郁而死吧，诗人不都容易抑郁吗？”她说这话的时候当然带有调侃的意味，不过转瞬又认真起来，“如果以我警察的身份来鉴定，他的死因确实比较复杂，可要是以朋友的身份来看，概率最大的，他可能是被病痛折磨死的。”

“这话怎么讲？”

“这得从一件事说起。”

“你说。”

“那是两年前，本溪第一次带陈某某来他的画室，那时候我和本溪住在一起，我们十分相爱，可是自从陈某某来了以后，一切就变了。我不是很喜欢陈某某这个人，我指的是生活作风上，他为人还是很好的，仗义、豁达，有诗人的那股劲儿在里面。那时候本溪喜欢和一些朋友喝茶论道，谈绘画，谈诗歌，也谈女人。来他画室的画家比较多，还有些不知名的导演、小说家、杂志编辑。那年冬天，北京的雪下得特别早，风也很大，本溪的画一幅也没卖出去，我们生活举步维艰。我决定出去找点事做，在附近的一家派出所当起了协警。算是凑巧吧，那次经历彻底改变了我和本溪的感情生活。”

“为什么？”

“陈某某这个人看起来挺老实，其实也有诗人的风流性情。那段时间他好像和一个南方女人隔着电话谈恋爱。当然，这只是我的猜测。从电话里我们了解到，女人多次劝他回到南方的城市，愿意和他一起打拼，为了以后能有更好的物质生活。或许是两个人的价值观和人生观不同吧，他们经常吵架。陈某某固执地以为，来宋庄就能实现他的文学梦，可是他的诗歌并没有什么长进，投出去的稿件也频频被退，参加了几次文学比赛都是泥牛入海。有一次诗歌酒会，几个编辑当场给了他些意见，指出了他的不足，说他诗歌缺乏作家对世界的某些认识和看法，模仿痕迹还有些重，过于注重技法。他当场就不高兴了，和那几个编辑大吵了一架，害得本溪左右为难。那天晚上，他又和那个南方女孩打电话，发了无名火。我出院子门给他们买酒，陈某某独自在外面，气得把手中的啤酒瓶往地上砸得哐当响。再没几天，就听说那个女孩子要在南方结婚了，真是突然啊。自那时起，陈某某经常和本溪喝酒，常常醉得不省人事，吐得满院子脏兮兮的，我很不喜欢，为这事我还和本溪闹过。”

“就是这改变了你和本溪的感情？”

“不是。”

“那是什么？”

“后来听说那个女人真的结了婚，陈某某再打电话找她，对方也不怎么接了。我是当协警的，有时候难免会跟着扫黄。有天傍晚我吃过晚饭，值夜班，临近年关，你知道的，北京的天气愈加寒冷，那些女人也不好做，但是扫黄是势在必行的事，风头紧，我们这些协警不敢懈怠。北门街是条老胡同，出了名的窄，皮肉生意就是在这样的街道里夹缝而生。我本来是不相信他俩会去的，可那个背影实在是太熟悉了，我足足跟了几百米，为了避免打草惊蛇，我穿的是便装。一直跟到一处死胡同，看见他俩进了一间棋牌室，外面站的全是些男的，门口有几个女的，个个穿得妖艳。天气冷得让人直哆嗦。”

“然后呢？”

“然后我屏住呼吸没敢说话，我看见陈某某蹲在一处石阶上抽烟。他吸完最后一口，摁熄烟头时，对面那间小屋里终于走出了一个人，那个人竟然是本溪。我实在想不通，是我不够漂亮，还是我哪里令他不满意？”

女人说这话的时候笑了笑，一种自嘲的意味在里面，“我始终没有轻举妄动。本溪出来后，陈某某好像和他做了什么交流。我侧耳聆听，距离太远，怎么也听不清，总之不是什么好事。就这样，陈某某从本溪那里接过了几张一百块，还有一只避孕套。他们又在那条巷子里走动，最后选定了一个穿着比较自然的姑娘。陈某某进去到出来的时间大概十多分钟吧，本溪觉得太短，还嘲笑了下他。俩人最后搭着肩走了。”

“我明白了，陈某某有这种嗜好，这种嗜好导致他得了性病，所以你说他的死和病痛有关？”

“这只是我的猜测，我和本溪之间也有秘密。本溪比我大八岁，他觉得自己年纪大了，想结婚，可是我一直没有想好，就先这么处着。哪晓得他看着老实，也会耍小心思。有天我们完事后，他累得趴倒就睡，我困意全无。开灯，准备看书，被他丢在纸篓里的安全套吸引了，那些黏糊糊的东西从套的头部渗了出来，真是够恶心的。我低下头，提起来看，发现套的前端被他扎了密密麻麻的小孔。那天晚上我大发雷霆，和他大吵了一架。他坦诚交代，这么做已经一个多月了，只是迟迟不见我怀孕的迹象。据此推测，那只本溪递给陈某某的安全套也是被他扎过孔的。”

“但是，如此重要的事情，本溪不可能不记得啊，又怎么敢拿给陈某某用？”

“忘了说，那天晚上他们是喝了酒去的，本溪酒量一般，醉酒后容易断片，这也不无可能。”

我和亚楠出了咖啡厅，来到她所说的那条胡同，胡同里没什么人。亚楠说，这里早已不是什么红灯区了，不知道还能不能找到那个陈某某嫖过的女人。凭着对这条街的记忆，亚楠找到了当年陈某某嫖宿的屋子。走进那屋子，里面还有一栋院子，院子的门关着，透过门缝往里看，那是一间宽敞的院子。

我推了下门，门嘎吱一声，院子里空空如也。

我和亚楠沿着青石板路往里走，一直走到正中间的那间房，我们都被眼前的一幕震惊了。屋子中间端放着一块灵牌，灵牌上刻着几个清晰的大字：黎晓红之灵位。灵牌旁是女人生前的照片，芳华绝代，笑靥如花。

黎晓红就是陈某某经常嫖宿的女人？那她为何死了呢？她的死会不会和陈某某有关？我困惑不已。屋子里阴气有些重，大概和这条巷子的逼仄偏僻有关，加上潮湿，阳气、人气少得可怜。

我本想走的，亚楠上前摸了摸香台，她说：“看来有人来过这里，香台才擦过不久，挺干净的，我们不妨在这里等会儿，一会儿可能就有人回来了。”

我和亚楠在屋里足足等了一个钟头，才听到院门被推开的嘎吱声，一个女人出现在我的面前，具体长什么样不大描述得清。她神情慌张，察觉到有陌生人在此，立马转身出了院门。我喊亚楠，我们追出门外时，只见一个黑影转进另一条胡同。

4

夜已经很深了。

要不是亚楠身手敏捷的话，我想我们不会抓住那个陌生女子。女子在知道我们的来意后，脸上没有露出诧异之色。

女子说："我是黎晓红的妹妹，叫黎晓雅，你们想了解我姐的话，可以跟我来。"

我不知道她要带我们去哪里，但是我知道，只有跟着她，我们才能找到答案。她穿的是一条紧身牛仔裤，裤子让她的腿显得无比修长，身姿婀娜。她白色的 T 恤在夜晚分外耀眼，乳房坚挺，破衣而出般。

我们跟着她在胡同里串，她把我们带入了一个又一个拐角，巷子里弥漫着各种霉味。偶尔还能见三三两两的女子站在巷子边吸烟，她们穿的衣服都很暴露。巷子里还有三五结对的男人，男人们有些胳膊上雕龙画凤，有些嘻嘻哈哈，边走边打量站在路边的女人。

我说："我们去哪儿？"

黎晓雅说："你跟着我来就是。"

这是我第一次到这种偏僻的地方，我们最终拐进了一栋四合院。院子不大，看上去有些年代了。女人朝着左边的一间偏房走去，我们跟在她身后。开了门，一股暖气扑面而来。

"这屋子是一个老奶奶租给我的，那时候我来北京打工，住地下室，老奶奶要去三亚跟儿子住，就廉价租给我，她已经很多年没回来了。”

“既然有个稳定的住处，就你这样的，没必要做小姐啊。”亚楠逡巡着屋子说道。

“我没有做小姐，只是我姐姐的灵位在那里，有时候我就过去看看‘她’。”

“怎么不把灵位搬到这里来？”

“这屋子不是我的，把灵位摆在这里不太好。我姐姐身前一直住在之前你们看到的那座院子里，那座院子被老鸨买了下来，周围搞修建，该拆的都拆了，该修的也都修了，那院子采光、供水条件越来越差，小姐们除了接客的时候在那条街，平时都不愿意在那儿生活。”

“既然这样，那你姐姐怎么死的？”我好奇地问道。

“这事和陈某某有关，我一直在找这个人，可是从今年开始，他就销声匿迹了。”

“这话怎么讲？”

“几年前，我姐姐突然告诉我，她恋爱了。那时候我不大相信，做她这行的，哪能遇到对她真心的男人。她说对方每周会来找她两次，起初没觉得，时间久了，那人每次完事后都会和她聊天，大概是同病相怜吧，都是远方来的人，又都想扎根在北京，同感生活艰难，最终就这么走到了一起。她带着那个男的来过我打工的餐厅，我们见过几次，长得还算斯文，听说还会写诗，俩人挺合得来。直到有一天，我姐怀孕了，他们大吵了一架。我姐是哭着向我倾诉的，说陈某某怀疑那不是他的孩子，陈某某每次和她都是做好安全措施的，不可能怀孕……”

黎晓雅说到此处，无力再说下去。亚楠朝我看了一眼，那意思大概是，看吧，本溪给陈某某的那个套就是一只被扎有密密麻麻针眼的，肯定是那只破损的套导致怀孕的。

“那后来呢？他们没在一起？”我继续问。

女子半天才说，“没有，我姐姐后来回了云南，她没敢回村里，怕父母知道自己在外面的那些事。她在昆明租了间屋子，中间有和陈某某通过电话，她快要临盆前的一个月我还去昆明照顾她。那时候陈某某回了南方，在一家普通的传媒公司上班，有天晚上，陈某某喝醉了给我姐打电话，说心里很痛，说自己过得悲催，我真想接过电话骂他，被我姐挡住了。他悲催？比他悲催的人不知道还有多少？我姐就不悲催吗？他说自己做什么都不顺，想去北京闯一番事业的，发现自己没有一技之长，他喜欢的女人没等他回南方就和别人结婚了，他写的诗歌不被认同。还说自己在南方的一家传媒公司干活，发现自己很难融入社会，做什么都做不了，他和老板争吵，想杀了老板。还说自己家族受诅咒，没一个男丁长寿，他要我姐借钱给他，他请先生算过，需要悄无声息地在祖坟旁修座空坟，才能免于一死。简直一派胡言！”

“那你姐呢？这种男人她也理？”亚楠问完这句话时，朝我瞟了一眼，意思是怕我生气，陈某某始终和我有过交情。

“我姐其实是个很单纯的女人，十六岁的时候，她读高二。那年家里负担重，她放弃学业跟着村里的几个大姐上了北京打工，却不想在北京走丢了，后来被人拉下水。她没啥指望，死前说能遇到个自己真心喜欢的男人，还有了男人的孩子，这就心满意足了。哪怕这个男人并不爱她，还嫌弃她没文化，嫌弃她的身份。”

“你姐真傻！”本溪感慨，“她是怎么死的？”

“去年的今天，就是她的忌日。那天我去上班前，她在门外给一个人打电话，我不知道是谁。我好奇，凑在窗边听，根据声音判断是个男的，如果我没猜错，应该是陈某某的那个朋友，一个叫本溪的诗人，那人具体住在哪里我不知道，但我姐姐每次联系不上陈某某时，就爱打他的电话。姐姐曾经说过，干她这行，孩子不能跟着自己，也不可能送回老家，毕竟名不正言不顺，她想把孩子送出去。姐姐是太爱孩子了，她不想让自己的存在对孩子日后的成长造成不良影响。那天我接到警察电话时，姐姐已经躺在一栋四十层高的楼下，摔得血肉模糊。”

黎晓雅用手擦着眼睛。我和亚楠彼此看了看对方，不知道该说什么。此时，黎晓雅的眼泪扑簌簌地滚落下来，滴在她的牛仔裤上。

“孩子呢？”我问。

“孩子我想是被那个诗人带走了，这是我姐的意图，我当时并没有向警方说明这一点。不过我现在需要找回这个孩子，陈某某是不认这个孩子的，陈某某的朋友又怎么可能会好好养育孩子成人呢？我不放心，孩子只有让我来带才行。”

黎晓雅的话让我想起本溪，本溪怀里抱的孩子果然不是他的。眼前的这个黎晓雅还不知陈某某已经死了，我也不打算讲出来。

我说：“你姐姐生前有什么遗物没有？”

黎晓雅抹了抹眼泪：“遗物倒没有，只是她的银行卡给了我，说钱是留给孩子的，如果有一天找到了陈某某，让我把卡给陈某某吧，这是她多年的积蓄，希望对孩子能有帮助。姐姐手机里还有陈某某的照片，有一张一直留着，从来没有删过。”

黎晓雅蹲下身，在身边的书桌柜子里翻了翻，她翻出一只手机。摁了摁，机子亮了。那是几张照片，从照片上来看，陈某某和她姐姐是在一家普通的面馆合的影，他们很开心，笑容灿烂。还有一张，应该是在动物园拍的，黎晓红穿着大红色的衬衫，身后是一只高大的大象，她用右手环着大象的鼻子，笑得灿烂无比。

我不知道该说什么，这或许是黎晓红唯一能聊以慰藉的几件事吧，她临死之前或许相信陈某某是爱过自己的，至少她是爱过陈某某的。

就在我翻动手机图片的时候，翻到了几张令我生疑的图片，我凑近屏幕仔细看。那是一张病历，从医院的字样来看是南方的某家大型专科医院。我知道了，本溪曾经说他见过半张被烧焦的纸，他知道了陈某某不能言说的秘密，还说要替陈某某保守一生。原来陈某某患有一种隐症，不知道陈某某的死会不会和这隐症有关。我又想起了本溪说过的一件事，本溪说陈某某喜欢刘亮程散文里面的一句话：落在一个人一生中的雪，我们不能全部看见。

5

从黎晓雅那儿出来以后，天已经黑了。说是还没立冬，北京的天气和南方比，却像是已经过了半个冬天。街上行人匆忙，有雪花飘落，一时间人们像是来了兴致，这大概是今年北京的第一场雪，有情侣在广场上玩着旱冰，他们追逐、嬉闹。

“我们去吃关东煮吧。”我提议。

“不了。”亚楠笑笑。

“今天你得到了确切答案，以后有什么打算？”

“没啥打算，继续当警察，如果本溪真有一天能和我结婚，你要来喝我们的喜酒。只是，这一天可能不太能实现了。”

“怎么会呢？”我说，“一定能实现的。”

“还要查下去吗？”

亚楠问我，我不知道该怎么回答。

和亚楠作别后，我回了酒店。早上从本溪那里出来，我就搬进了附近的这家酒店。躺在酒店的床上，陈某某的事情依然在我脑海里回荡。黎晓红的妹妹说，陈某某要去南方做一件大事，是什么事呢？什么事让他后来销声匿迹，直到死在那家四星级酒店里才被人发现？这些问题一直困扰着我，难以入睡。夜里十二点，一个电话打来，我拿起手机，是亚楠，亚楠找我有什么事？

“这么晚了你还不睡？”

“本溪不见了。”

“不见了？”

“是的，在和你分手以后，我本想打个电话给他的，也没有什么事，就是纯粹地想给他打个电话。可是本溪的电话一直响，没有人接。我以为是他没听到，过了差不多两个小时，他还是没回我，我就继续打，还是没接。于是我就去了他的画室，画室里面没人，他和孩子都不在。”

“那他会去哪里？”

“我们去找找吧，我也不知道。”

“现在去哪里找？”

“我也不知道，我有种不祥的预感。”我似乎听到亚楠啜泣的声音。

我和亚楠是在宋庄会合的。我们几乎找遍了本溪能去的朋友家，仍然没有找到。亚楠说，本溪离开时是抱着孩子的，听黎晓雅的讲述，今天是黎晓红的忌日，那本溪去的地方会不会和黎晓红有关？我的脑子里最先闪烁的是黎晓红的那块灵牌，那么晚了，本溪应该不会去那座逼仄阴森的宅院吧。我的心里打着怵，亚楠已经迈出了步子，我在后面追赶着。

“你去哪里？”

“去白天我们去过的那座院子！”

我和亚楠顺着白天走过的路，再次走进那条逼仄的小巷。巷子里显得更加空寂，周遭没有任何灯光。我拿出手机探寻前面的路，亚楠跟在我身后，尽管她是警察，但我还是感觉到她拽着我的衣角。

走到有黎晓红的牌位的那座院子前时，院子的大门紧闭着，我有点踌躇要不要进去。亚楠拽着我的衣角，“推吧。”我把手贴在门上，往后推，木门嘎吱响了。如果我不推开那门，就不会看到惊人的一幕。那一刻，我吓得浑身打怵，两腿发软。在我眼前的是一具一丝不挂的男尸，不是别人，正是本溪。本溪悬在一根木梁上，手被绑得严严实实。

亚楠吓得差点晕了过去，她瘫软着，我强力扶着她。我们就这么一步步往院子里走。院子里井井有条，像是被打扫过了的。在院子的正中间，也就是堂屋，门大开着，里面点着几只蜡烛，灯火昏黄，烛光在夜风下摇曳不定，起起伏伏。黎晓红的照片就这样端放在桌子正中央，白灿灿的脸上挂着微微笑容。

在黎晓红照片的前上方，正是本溪的尸体。我把手机电筒打开，看了看，那种捆绑人的方式让我吃惊，我不知道本溪是如何被绑上去的，又或者是他自己怎么绑上去的。

亚楠哆嗦着手要拨电话，她没有拨成，手机从她的手里抖落下来。我捡起手机，拨了110。警察赶来的时候，本溪被确认失去呼吸已经两个小时了。我想起了本溪应该是带着孩子出来的，我们寻遍了院子也没有找到孩子。

赶来的几个警察封锁好现场后，亚楠提议说，我们去找黎晓雅吧！此时我才想起这个女人白天说过的话，她说自己想找回黎晓红的孩子。现在本溪死得不明不白，且孩子不在身边，会不会和黎晓雅有关？

我和亚楠冲进黎晓雅住的那座四合院时，一个老奶奶正在院子里打水，被我们的突然到来吓了一跳，老奶奶原本端着的盆顿时掉在地上，水哗地倒了出来。

“你们找谁？”

“黎晓雅。”

“黎晓雅？这里没有黎晓雅，只有黎晓红。”

“老奶奶，还望你配合。不管是黎晓雅还是黎晓红，就在两个小时前，附近的一座院子里发生了一桩命案，我们怀疑和她有关。”亚楠说着，从衣兜里摸出警察证。

“她……她去了广州，这会儿飞机怕是要到了。”

“你是她的奶奶？”

“不是，我只是房东，但她待我像亲奶奶。我白天在超市上班，晚上才回来，这里究竟发生什么了？我要说的是，这里没有晓雅，只有黎晓红，这里曾经有两个黎晓红。”

“两个黎晓红？”我和亚楠都很吃惊。

“是的！我这里住着的是黎晓红，她以前在一家餐厅打工，她就像我的亲孙女一样，她才不会和你们说的那个什么命案有关，她不是坏人！”老奶奶哆嗦着，喋喋不休，“只是，只是后来她有了个姐妹，那个女人比她大，也叫黎晓红，她们相处得很好，经常来这里住，据说是云南的。对……对了，有段时间有两个男人还爱来这里，分别是她们俩的男朋友，其中有个男人和那个‘黎晓红’已经很久很久没来了。那时候为了区别大小，就给我们‘晓红’起名‘晓雅’。”

我和亚楠再次走进黎晓雅的屋子，在她的书柜里，我们翻到了个笔记本，那个笔记本里藏着一个秘密，真如老奶奶所言。这世上有着两个同叫“黎晓红”的女子，她们来自不同的地方，从相识相知再到金兰姐妹。她们都爱上了“诗人”，大的那个黎晓红爱的诗人是陈，小的那个黎晓红爱的诗人是本。

在这间屋里，我们还找到了一首署名黎晓红的诗，具体是哪个黎晓红写给哪位诗人的，难以辨别。

内容是这样的：

我无法忘记，那年你穿的白衬衣
像整个村庄的帷幕
倒挂在
我们过不去的田坎，与炊烟

我在遥远的北方
遇见
同一个自己
你说
光阴是条流淌不尽的河

累了，就该笑一笑

后来，你去了南方
那里有水草，鲜花
以及，看不尽的海

结局

两个月后，我编辑内刊《曙光》。选登了一首诗，叫作《蓝》，署名晓红。而另一组诗歌，则为陈某某的成名作。杂志的内页用了本溪的一幅画，是一幅抽象画，有人说，画上画的是个少女，也有人说，那明明是一头大象。

猫眼

1

我把身份证交给了老板娘，她问我："你能干吗？"我说："能。"她登记完我的身份证号，把证还我，说："晚上就住楼上，以后干活踏实些，不会亏待你的。"

下午我正式上班，帮着端盘子、抹桌子、扫地。晚上十一点，客人较少，我从厕所里出来，见进口处有间密室，门是防盗门，起初我还以为是什么装食材的地方，可是回想一天都没见人从里面拿过东西。我按捺不住好奇心，趴在门上向猫眼里望去，结果里面有图像出现，就仿佛是看电影，不过是无声的。

我看见一个老人面露惊恐之色，他的头发有些花白，不长，眼睛被吓得快鼓出来了。也就几秒钟，图像竟然又变成了一把枪，准确地说是一只手握着一把枪，不过不能看见握枪的人。图像也是几秒钟就过去了，又变成了一口棺材，棺材停放在一间很大的屋里，屋里到处是白布和花圈。

我想再继续看下去，但此时那边有人叫我端盘子。

后来我做每件事都心不在焉，而这里的每个人又都好像很正常，正常上班，正常做事，似乎从来不知道猫眼的另一头有那样一个神奇的世界。不过我又在想，会不会是我产生了错觉，看花眼了呢？

老板娘让我把桌椅收拾完就上楼休息。我想问问饭店里的另外几个服务员，但不知如何向她们开口。毕竟猫眼的那道门隔壁就是女厕所，如果我真问，别人岂不是知道了我看猫眼的事，还会产生误会，认为我行为不检点，有怪癖，甚至有猥亵他人的嫌疑。

我决定等大家都睡下了自己一个人去看看。

半夜十二点半，大家都进入了梦乡。整个男生宿舍也就那么几个人，女生宿舍到底睡着没睡着我不知道，按照常理来说，我见过的女生大都喜欢在深夜闲聊，哪怕白天工作再忙，学习再累，只要是躺在了床上，三五为伴，都能从某某男生长得帅气聊到对方父母太抠门等各种话题。

女生宿舍的灯是熄了的。

我打开手电筒，下楼，进了男厕所先撒了泡尿。我又找到了那个猫眼，此刻看进去里面黑乎乎一片，啥也没有。我怀疑自己前面是不是花了眼，又有可能是因为现在没开灯，太黑，照不见里面，于是我把手电筒的光对准了猫眼，结果我被吓了一跳。

2

我醒来时楼下已经开始扫地了，老板娘和厨房师傅的说话声不知何时传到了我的耳朵里。我这才恍恍惚惚意识到，上班时间要到了。这群家伙，欺负我一个新来的，起床也不叫我。

顾不上洗脸，我就下楼干起活来，从门后找来拖把，使劲地拖地。小时候我爸给我说过，以后无论做什么事情都要好好做，不管时间长短，不管在哪里。我这次出门，虽然时间很短，但是我也想给老板留个好的印象。

厨师拍拍我的肩膀，把我吓得不轻。

“瞧你那样，想啥呢？今早上怎么叫都叫不醒。”

“我吗？”

“不是你还有谁？别拖地了，赶紧去吃早点吧，一会儿好干活。”

说着他便进了厨房，让配菜的人给他切菜。

我则狠狠拖了几下地，决定去外面买份早餐。这里的烙饼早有耳闻，说是美味至极，我要了一包纯牛奶，加了一个烙饼，感觉味道还不错。

“老板，给你钱。”是个女孩的声音。

咋那么熟，我不禁向十米开外的另一个摊子看去，长发披肩，背影瘦削，穿淡黄色 T 恤，黑色牛仔裤。这不是昨晚和我说话的女孩吗？她怎么会在这儿，虽然我没看到她的脸，但我敢断定就是她。

我得去和她打个招呼。大爷的，这时候面前有辆公交车驶过，又高又大，上班人群蜂拥而上。等车开了以后，我再朝那摊位的人群中看去，却找不着那背影了。应该是进了前面的巷子，等我走到那条巷子时，只有一个老头坐在巷口，那架势正等待人光顾他的补鞋摊，然后就没见一个人了。

回饭店的路上我在琢磨，女孩去了哪里呢？她还没告诉我她名字呢。

昨晚我把电筒对准猫眼的时候，她一下子从旁边的女厕所过来拍了我的肩膀，吓我一跳。深更半夜的，还以为是什么女鬼呢。

我说："你谁啊？"

她说："我还没问你是谁呢？"

我说："我是新来的。"

她说："哦，我是这儿的老板……。"

我诧异："不是吧？"

她一副嘚瑟的样子："还没说完，是这儿的老板的女儿。"

我说："老板的女儿？"

她说："对啊。哎呀，不要问那么多了，陪我聊聊吧。"

我就这么和她坐在了前台聊天，深夜里，我真不知道自己在做些什么，看不清对方的脸，不过幸好有被她吓着时电筒一晃就照在了她身上的瞬间，哪怕只是一瞬间，我也清楚地记得她的长相、身材。

我们聊了很多，睡时很晚。

最后我问她："你住哪个房间，有空我来串门。"

她说："我不告诉你。"

我郁闷："那你有 QQ 吗？加一个。"

她说："从来不玩那玩意儿，好了，快去睡觉吧，我想一个人再坐坐，相信缘分吗？你想找我的时候，我自然会出现。"

3

中午的时候，我有些魂不守舍，在送外卖时送了饭菜却忘了筷子。我疾步往回走，生怕顾客向老板娘反映，如果我没送筷子的事情被她知道，肯定会认为我做事不认真。

进了门，我走向桌子，拿起一双一次性筷子，正要出门，老板娘就在后面把我叫住。

“小夏，你过来一下。”

“什么事，老板娘。”我畏畏缩缩，等待被训。

“这是我们附近的民警，他刚才登记了你的身份证号，你今天下午不用上班了，去拍个照，办下暂住证吧。”

我还以为是问责我呢，“好吧，谢谢老板娘。”

警察和我出了饭店，在一张纸上写明了警察局的具体位置，说拍好照，交到那里，他同事会给我办。

我记得顺着饭店的右手方向走上百把米是一座小桥，桥的那头是一条街，那条街上有打印店，可以拍照。平时都是为附近的那个职中的学生服务，昨天送外卖时，我还看见职中的女生们出来玩，长得漂亮的蛮多，皮肤白皙，身材纤瘦。

不过算下来，我觉得还是昨晚遇到的那个女孩子漂亮。

昨晚上她告诉我，我想找她的时候，她自然会出现。我现在正有空，一个下午的时间不可能全部用来拍照和办暂住证吧，如果能在半路遇到她，那岂不是件很好的事。

我进了照相馆，很快就拍好了照片。时间真是过得够慢，我慢吞吞地在路上走，希望能看见她，也希望晚点儿把证办到，晚点儿回店里。不知不觉已经走到了警察局，印象中警察局的人不是大腹便便，就是凶神恶煞，很少有电视上的那种英姿飒爽，我猜想他们应该会刁难我，不可能交几张照片就能给我办个暂住证吧。

进了之前纸上留的地址——四楼的一间办公室。是两个年轻人，知道我是来办暂住证的，态度还挺和气，这让我有些受宠若惊。其中一个让我交两张照片，拿出一份新表，在上面写上自己的名字和身份证号，还有电话。

我写完后问："还需要什么吗？"

"不需要了，你先回去吧，办好了我们会电话通知。"

郁闷，不是都说办事很难的吗？今天为何那么轻松就搞定。我看看手机，四点还欠十分，要五点半才吃饭，不知道自己该去哪儿。此刻，昨晚的女孩还是没有出现。

4

吃饭的时候，我还在想着猫眼的事，时不时地会瞟向厕所的那个进口。老板娘最先吃完，说有事要交代。

"我明天要回安徽老家一趟，可能要去一个星期才回来，不在的这几天店里就靠厨师打点，你们得听他的话。"

"放心吧，他让我们往东我们决不往西。"一个还没吃完饭的胖女孩说道。

"那我就放心了，钥匙就交给厨师，晚上没啥逛头就别出去了，要出去的给他讲。"

“好的。”大家异口同声。

晚上十一点，店里就早早打烊了，厨师交代大家好好休息。我睡到十二点的时候依然没有睡意，决定去上个厕所。

这次我打着电筒，从猫眼里看到了另外的画面。

我看到一个瘦高的年轻人握着一把手枪，好像在等待一场蓄谋已久的事。画面几秒钟后就变了，一个年轻妩媚的女人坐在一张长椅上，一副养尊处优的样子。然后画面又变成了一具棺材，只是这次棺材没有停放在屋里，也没庄严肃穆的感觉，而是在荒郊野外，具体棺材里有没有人，我也不清楚。

我打算再看看会有什么画面出现，可此时猫眼里一片漆黑，什么也没有了。我在想昨晚的女孩去了哪里，她不是说自己是老板的女儿吗？这两天都没见他们提过自己的女儿，当然了，我也不可能去问，况且他们都回安徽省亲去了，她也应该去了吧。

正要上楼，姑娘又出现在了我后面，拍了拍我的肩膀。

“你这人，真要吓死人，怎么每次都是这样。”

“怎么了，不乐意啊？”

“没。”

“今晚我们出去玩吧。”

“出去玩？现在都十二点了啊，再说了我也没钥匙。”

“你没有我有啊。”

“你有？钥匙不是在厨师那儿吗？”

“你忘了？我可是老板的女儿，我当然也有一把钥匙，走吧。”

说着，她就挽住我的手，朝大门方向走去。我打着电筒，她说不用，看她样子熟门熟路的，应该是老板的女儿吧，我在心里暗忖道，不过老板的女儿也真是个神人啊。

5

我们来到了小桥边，风很凉爽。河对岸灯红酒绿，还有很多没有睡意活跃于夜间的人。我们趴在小桥的栏杆上。

我说：“你不回安徽吗？”

她说：“不回，没意思。”

我说：“我今天早上见了个女孩子好像是你。”

她说：“啥时候，在哪儿。”

我说：“早上的时候，在你家店的对面，不过只是背影，和你一样也是淡黄色 T 恤，我听见了你给早餐老板付钱的说话声，不过当时有辆公交车驶来，挡住了我的视线，然后我再往人群里看，却不见你了。”

她说：“你看到的不是我。”

我说：“不是你，那是谁？”

她说：“是我的姐姐。”

我说：“你姐姐？”

她说：“对，我姐姐。”

我想她姐姐应该和父母一起去了安徽吧，便没再问，我们顺着扶栏往前走。她问我：“你今天又跑去看猫眼，是不是想我了啊？”

我不知道该怎么回答她，如果说不想那是假的，可我凭什么想她呢，我们只有一面之缘啊。正琢磨着该怎么回答，她已经坐在了河边，把凉鞋脱在旁边，脚伸进了河里，河水静静流淌，她的脚在水里一荡一荡。

“不说就是默认咯。”

“是啊，我想你了。”

“鬼才相信。”

“那我要是说不想你呢。”

话音才落，她手就在我胳膊上一掐，疼死我了。

“说不想的话，就是这结果。”然后她装作若无其事的样子，把视线投向了对面的繁华区。

“你可真够凶的。”

“是啊，凶，那你现在回去呗，不用陪我了。”

“可是现在已经很晚了，我们该回去休息了。”

“我不回去。”

“那我有个事得问问你，那个猫眼到底是怎么回事，为什么可以看见一些画面呢？”

“你看到了什么？”

“我两次都看到了不同的画面，很奇怪。”

“这是个秘密。”

“秘密，什么秘密？”

“不能说，该知道的时候你自然会知道。”

“好吧，那我们该回去了，我可不放心你一个人在这儿，走。”

“真的？”

“是啊。”

“你不放心我一个人在这儿？”

“对。”

说着我便一把把她扶起来。没想到她裸露的脚踩到了地上的一小颗玻璃，“妈呀！”我也不知道是怎么回事，只知道她抱住了我的腰，我便不敢动弹了。她的头发很香，我正寻思着她到底用的啥洗发水，却不想已经感觉到她软绵绵的身子快把我整个人都融化了。

“没事吧？”

“你说呢？”

“那我背你回去吧。”

我感觉到她的头发凉悠悠的，不时垂在我的肩膀上，喜欢那种感觉。多希望时间一直那么漫长，天永远不会亮，然后我一直都可以背着她走在路灯下。到了店门口的时候，她却自己跳了下来，且看起来好端端的。

我说：“你的脚？”

她说：“我的脚怎么了？”

我说：“刚才不是受伤了吗？”

她说：“刚才是刚才，现在是现在。好了，我要回去了。”

我说：“回去了，不跟我一起进店里吗？”

她说：“不去了，你自己去吧。”

我说：“可是我没钥匙啊。”

她说：“门我没锁，你自己进去吧。”

我准备说些什么，可是已经看到她转身走向另一处了，“你要去哪里？”

“我回家不行啊，这你也管。”

6

早上天气神奇般地转凉了，不知道是不是因为气候不大适应，我感觉鼻子塞塞的，头也晕晕的。一整天上班都没精神，中午去送外卖，有一次又忘记带辣椒，还被客人训了一顿。江南就是这样，很多人吃不了辣椒，但是又有一些外地人吃，所以常常会被搞晕。

好不容易送完外卖，进门时却直接晕得趴在桌子上。

厨师一把把我揪起来，“快起来，下午好好干，晚上我们K歌去！”

“K歌？”

“是啊，老板娘不在，大家前段时间都很累，我们大伙商量好的。”

“可是我现在一点精神都没有。”

下午的雨蛮大，气温却一点降下来的意思都没，我送完最后一批外卖回来时，店门口的那条街已经积满了雨水。没带伞，全身淋得湿漉漉的。

到了店里时，大伙都已经把桌椅收拾好了。说定了K歌地址，赶紧报名参加，我说不想去，他们说今晚玩通宵。我实在太困，没那精神，只能慢慢扶着楼梯上楼。

迷迷糊糊中，感觉四周已是一片寂静，空荡荡的屋子里只有一个人的声音。

是她，咯咯咯的，银铃般的笑，恍惚中我看见她拿着一根鹅毛在我的脸上划来划去。我感觉到她的手很温暖，很纤细，拿着一张热毛巾往我额头上敷，给我把被子盖好。我全身都是汗水，可以断定是重感冒，我想撑起身子和她说话，可是眼睛睁开看一眼后，就没力气了，只想好好儿睡一觉。然后我感觉到她趴在了我的身上，靠在我盖有被子的胸口上。

她的发香又散发了出来，我很想伸出手去抱抱她，可是怎么也抬不起来。

醒来时已是午夜，屋里除了我和她没有别人，看来这群家伙真的要玩通宵了。我看见她睡得很熟，只是没有盖任何东西，我把身子往后移了移，给她把被子盖好，又睡去。

早上再次醒来时，楼下已经开始上班，年轻人总是这样，玩一晚上第二天照常有精神。我感觉自己和头一天判若两人，神清气爽，一点不像重感冒的样子。

只是醒来时，她已经不在我身边了。

7

白天我忍不住好奇心，又朝猫眼里看了下，这次的情景把我吓了一跳。

我看见了第一次看见的那个老人站在一家店门口指挥人们搬运货物，这个店的外装饰虽然和现在我所在的这家饭店不尽相同，但地理位置就是这里。几秒钟后，我看见了她，我确定是她，她站在了那天我们聊天的河边，然后跳了下去。我不敢相信眼前的画面，揉了揉眼，画面已经转到了第三个，一个衣衫褴褛的四五岁的女孩在湖边饮水。

为什么画面里的女孩是她，我简直不敢相信，这个猫眼到底是怎么回事，为什么能看到这些东西？

我感觉自己对工作一点都不上心，来上班没几天，却忘记了小时候父亲对我的叮嘱，做事要踏踏实实，要让领导满意。可是现在厨师对我很不满意，因为猫眼的事，我一个中午端错了好几道菜，送外卖时也是筷子和辣椒老忘带。

厨师对我发了火："你到底能不能干，每天都不在状态，一天想些什么！"

我一迭连声道歉："对不起，能请半天假吗？"

"请假？你要干啥？"

"我有事。"

"做错那么多事还想请假，不能请！"

管不了那么多了，我很想去看看那座桥，她说只要我想见她时她都会出现，我想知道现在能不能在桥边找到她。

河边的风很大，不同于前几天，这次是真的要降温了。我感觉一股潮湿的气流朝脸上袭来，正在寻思着她怎么还不出现呢，就看见远处的她袅袅走来。

"嗨，又是在等我吧？"

"嗯，我有事想问你。"

"什么事。"

"我在那个猫眼里看见你了，真的，我看见你从这桥边跳了下去，是咋回事？"

"就这事？你咋不先感谢下我昨晚照顾你，给你退烧呢。"

"谢谢你哈。"

"现在说谢谢没用，哼。"

说着她就转身朝来的路走去。我跟着她去了城郊公园，从山上下来时风已经有点大了，我把她搂在怀里，如果不是听了她说的那些往事，我想我不会那么心疼她，当然，我敢确定，我是真的喜欢上她了。

下山的路没有灯，我说背她她不同意，我们两个就一级石阶一级石阶地往下走。

我说："我打算把你告诉我的事，写成部小说给你。"

她说："小说是虚构的，我才不要看。"

我说："那写成真实的故事吧。"

"随你呗。"这下子她竟然从后面一下子跳到了我的背上。

背着她在路上遇到了两个女的，见了我露出一副怪怪的样子，那样子让我不明所以。

我问她："我的脸上有什么不对吗？"

她说："有啊。"

我说："哪儿不对。"

她说："哪儿都不对。"

8

回来时刚刚进门，就发现老板娘在店里，正在打理这几天的账务。

不是说去一周吗？我心里想，怎么才去几天就回来了。而且店里还多了几个人，看样子应该是她安徽老家的亲戚。

我正打算上楼，却被她叫住了。

"小夏，你等下，我有事给你说。"

"哦。"

"你的暂住证我问了，过些天就能拿。不过你也看到了，今天店里来了好几个人，都是我老家的亲戚，现在工作不好找，我们店的生意你是知道的，说不上差也说不上好。我把这几天的工钱给你算了，你不要对我有什么想法哈。”

“没事的，老板娘，不过我可能要先暂时住两天，等找到了住的地方我再搬出去。”

“好的。”

我知道是这几天的不良表现让老板娘知道了，不管是不是厨师告发的，我都不会去埋怨他，本来就是我的过错。

干了没几天，老板娘总共给我算了两百块钱。我上了楼，找了纸笔，打算把猫眼里看到的事写出来，到时候给她看。

新住处是在两天后找到的，不大，摆完一张床后基本没多少剩余的空间。我有两天没有见到她了，也不知道她能不能找到我新住的地方。

楼下有点吵，我把窗户关得紧紧的，希望能静下心来。才下笔，就听见有人敲门了，难不成是房东要来收房租？搬来之前我给他说好的，还没找到工作，等住满一个月再交，不会反悔了吧？

我开了门，是她。

“看，我给你带了什么，肯定还没吃东西吧？”她提着一只北京烤鸭。

“你是怎么知道我在这儿的啊？”

“我不是说过的吗？你想我的时候，我自然会出现。”

她把烤鸭摊在了桌子上，还有蘸酱，我大快朵颐地吃着。她却坐在我的对面，看着我狼吐虎咽的样子。

“香吗？”

“香。”

“稿子写得怎么样了？”

“还没写好呢。”

“那我先走了。”

“不是吧。”

“真的，免得打扰你。”

我把手擦干净，她起身，我一把抱住她，“现在已经晚了，别走了。”

“我才不呢。”

“为啥，怕我吃了你？”

“切，我还怕我吃了你呢。”

“我可是色鬼。”

“我还是色魔呢。”

我把她抱在怀里。夜很深，我没有睡意，屋里透着窗外城市淡淡的灯光。怀里的她气如幽兰，呼吸均匀。熟睡中还说了句梦话——我在店里等你哈。我觉得此时的她真可爱，我把她搂得更紧，真想好好照顾她，以后一直在一起。

早晨窗外传来小贩的吆喝声，我揉开蒙眬睡眼时，她已经不在我身边了。

9

后面的很多天都没有再见到她，她睡梦中呢喃的那句梦话一直萦绕在我的心怀。

两周后，我把那篇稿子写好了，并封好在信封里。故事的内容就如她告诉我的一样，讲述了一个老饭店的老板被枪杀，而杀手是他妾的情夫，情夫竟然是他最看重的徒弟。在这场杀戮中老板的两个女儿不断处于逃亡状态，大的那个在被强暴后选择了跳河自杀，小的那个当时只有四五岁，躲过了此劫，却四处流浪。

我回到了之前的那家饭店，门庭未改，“好再来饭馆”几个大字熠熠生辉，走进店里，桌椅布局和整体格调都未改变。时候尚早，但店里已经坐满了吃早点的客人，老板娘从安徽带来的亲戚做了服务员，他们各自忙碌，厨师好像昨晚没有睡好，从我身边走过时打了个哈欠，对我的到来不以为意。

老板娘依然坐在前台，好像在扎账。

我说：“老板娘，你好。”

她说：“哟，是小夏啊，快坐快坐。”

说着，她要起身给我倒水，我连忙道谢，说自己来。

坐下后我感觉不点些什么好像浑身不自在，于是我说：“给我来碗稀饭吧，再加两根油条。”

“好的。”

她转身吩咐里屋的厨师。

稀饭端上来后，我喝了两勺，感觉动作有些快了，怕吃完后就不好意思再坐着等了。人们出出进进，上厕所的那个进口从我所坐的位置看过去一览无余，可是好长时间我都没有看见她的出现。

我在想，她怎么还不出现呢？正喝着汤，对面的那扇镜子让我怔住了，我看到她了，镜子反射的地方正是那天她买早点的那个摊子。她正站在摊子边买早点，这次穿的是一身绿色的碎花裙子，长发飘逸，身姿曼妙。稀饭我不喝了，直接起身往店门外跑，我听见老板娘在后面喊我，但是我没有回应。

出了店门，坏事的公交车又出现了，它挡住了我的视线。等公交车开走后，她已经不在摊子边了，我左右环视，发现她的身影正隐没在前些天我追进的那条巷子口。我又强行穿过了马路，跑到巷口时，她的身影又转向了另一条街道，就这样，她下了地下通道，我追到步行街，她上了天桥，我追到地下通道……

站在天桥上，我看到了桥下川流不息的车辆和大街上越来越多的人群。而此时，她已经走进了人群，彻底湮没在了茫茫人海里。

我拿着那封手稿四处张望，却怎么也找不到她。看见和她穿同样款式的碎花裙子的人不止一个。

刺

1

牧云笛的眼睛里长了一根刺。

白天，牧云笛和其他病人一样，躺在病床上休息。母亲坐在病房外的长椅上，端详着一张照片。那是牧云笛十七岁时的风采，长发，穿粉色 T 恤，站在八达岭长城上，有风，笑得很甜。

主治医生下午三点探房，牧云笛醒来，又开始说自己的见闻。

“他很高，他让我把手给他，他就站在八楼的天台上。是的，八楼。”在医生的问询下，牧云笛坚信自己所说的是真实的。医生强调，我们这里没有八楼，顶楼就是六楼。

护士进来，传 19 床病人到诊断室。医生和病人挤满屋子，老老少少，男男女女。在管床医生的牵引下，牧云笛先后做了洗眼、视力检测、眼压测试、视网膜检查等项目。

可以肯定的是，这几天就可以做手术了。母亲在和医生交流时露出连日来难以看到的笑容。牧云笛站在走廊上，冲着窗户外的马路发呆。母亲拍她的肩膀。她轻声细语地说："妈，你看到没，他在冲我笑。"

透过窗户，外面是一条清寂的旧街，两旁的房屋矮塌，路边种有梧桐树，好长一排，夏季里吸收丰沛的雨水，叶子光泽圆润，肥硕成片。

"哪里？"母亲凑到窗边，环顾四周，什么人也没有。母亲拉着牧云笛的手说："走，我们回屋去。"

"不去。"牧云笛穿着肥大的病服，迈开步子。

"你去哪里？"

"我要去找他，他喊我上八楼，说给我看样东西。"

"回来。"母亲紧跟着，拽了拽牧云笛的衣角。"云笛，别闹了。"牧云笛不高兴，回过头来，乜了眼母亲。母亲说："跟妈回去，别瞎闹了，好吗？"牧云笛甩开母亲的手，说："我没瞎闹。"在楼角值班的护士看到这一幕，走过来，帮着母亲劝牧云笛回屋。

"阿姨，你有看到过这个男孩吗？"牧云笛睡下后，护士向母亲打探。"没有，我压根不知道她在说什么，自从那根刺长出来以后，她总说自己见到一个男孩。"母亲露出焦虑之色。

护士出了门，把换下来的床单抱出去洗。母亲拿着一只杯子，朝水房走去。快走到水房时，母亲被一名护士叫住，说是有人找。母亲瞥向护士站，一名男子正趴在护士站前打探，说想采访牧云笛。

自从牧云笛的眼睛里长出刺后，就一传十，十传百，几乎全县的人都知道。人们背地里说牧云笛是刺童，上辈子肯定做了什么错事，这辈子是来受罚的。医生给不出明确答案，说刺可以拔除，不过还会继续长。种种迹象表明，刺并没有影响牧云笛的视力，反而更好。

“阿姨，我就是想了解下云笛的情况。”男子叫李建文，二十五六岁，说话带笑，牙齿皓洁如雪。

“有什么好了解的，谁没生过病。”母亲对记者的到来没有好感，径直回到水房，拧开水龙头，水哗哗地流出来，母亲在洗杯子。

“只是简单采访。”李建文补充道。

母亲没有回话，洗好杯子，走出水房。牧云笛站在走廊里，她似乎不安起来，她在寻找护士。李建文看她神情焦虑，跑了上去。牧云笛不耐烦，差点把李建文的相机蹭弄在地。

母亲对李建文的举动感到恼火，凑上前护住女儿。在李建文准备拍照的时候，母亲差点打了上去，要不是一旁的护士拉住，走廊里肯定会乱成一团。李建文连声道歉，对自己的冒昧行为感到歉疚。在护士和旁人的协调下，母亲的怒火才渐渐平息。

牧云笛又神叨叨起来，说自己要上八楼，再不去就晚了。

李建文被牧云笛的话怔住，刚才上电梯的时候，他留意过，这栋楼根本没有八楼。

母亲这回允许了，说：“你要去就去吧，看看有没有八楼。”母亲心里气愤，说完话，坐在床沿边闷闷不语。李建文不合时宜地安慰道：“阿姨别难过。”母亲对李建文没有好感，斜睨一眼。李建文补充道：“或许她压力大了，考试嘛，换了谁压力都大。”

“是我害了她，”提到考试，母亲面露愧色，喃喃自语道。

母亲心情平复后，李建文决定上楼顶看看，他害怕出什么事情。此时，护士们也悄悄来到楼顶。

牧云笛正坐在楼顶的一张椅子上，冲着对面的空气咯咯地笑。自言自语道：“你再变个，你再变个，变得真好，比电视上那个刘谦还好。”

之后，牧云笛的笑脸渐渐淡下来，变成即将哭泣的样子。

“你不能丢下我。”牧云笛急着说道。

没人明白牧云笛到底怎么了，包括医生。

2

夜里，李建文没有睡意，他看着电脑上还没写完的文稿，知道离深度报道还有一段距离。怎么办呢，李建文决定再去医院看看。牧云笛的母亲应该已经睡了，这时候要是能叫醒牧云笛，或许能从她那里知道生病以来所经历的种种。

医院里静悄悄的，四下无人。李建文上了六楼，走廊里空寥无声。护士站的两名小护士正趴着睡觉。李建文偷偷潜进牧云笛的病房。牧云笛的母亲躺在一张租来的折叠床上，睡得正酣。

牧云笛也在熟睡中。

李建文环视四周，感觉自己像个贼。他从病床旁边的桌子上扯了张抽纸，纸在手里裹啊裹的，裹成一根纸棍，李建文将纸棍伸进牧云笛的耳孔里，像个电钻似的钻着。没几下，牧云笛醒了。或许是白天见过的缘故，牧云笛看到李建文时，没有吓得惊出声来，相反淡定了许多。

李建文用手勾她，示意跟他出去。

想不想上八楼？李建文笃定地看着牧云笛。

牧云笛想了想，说想。

李建文带着牧云笛进了电梯，他们来到六楼楼顶，夜空明朗，对面施工大楼正开着射灯，人们忙碌着。偶尔传来手锤敲砸钢筋的声音。李建文和牧云笛坐在两张白色椅子上。他们的谈话显得有些尴尬。

“你现在还能看到他吗？”李建文问。

牧云笛斜睨他一眼，说：“看不到，他走了。”

“走了？”李建文惊讶。

“是的，回家了。”

“那他家在哪儿你知道吗？”

“这个我为什么要告诉你。”牧云笛一副思索的样子，“我想好了，等出院了就去深圳，你去过深圳吗？”

李建文知道，在同牧云笛的初步交谈中，他或许能找到些有价值的信息。他说：“去过啊，深圳很好玩，比这里发达，那边一个小镇都比我们县城好。”

“真的？”牧云笛饶有兴致地问道。

“真的。对了，你去深圳做什么。”

“回家。”

“回家？”

“嗯，我在深圳有个家。他去了深圳，不知道何时来看我了。”牧云笛的脸色黯淡了下来。

李建文把目光瞥向对面的施工大楼。说：“看见没，我以前也在工地待过。”

“是吗？”

“是啊，那时候我才十五六岁。一个人，从甘肃老家来到这座县城。我本来很想念书的，可是事与愿违。”

“看起来你像个有故事的人。”

“哈哈。”

“给我讲讲。”

“你想听？”

“是啊，讲讲，我可以免费给你当观众。”

“我爸在我十岁那年就去世了，丢下我和我妈两个人。有一年，我妈把地里的庄稼收了，卖了一袋粉面，揣着钱带着我去赶集，那天我们买了一只羊，不大，才几个月。路上可以坐车的，那种拖拉机，坐上去嗒嗒嗒的，一个人三块钱。我妈不坐，非要走路，路上吃了不少灰尘。我就这样抱着羊羔回家。那年冬天，羊羔长成了大羊，我妈说要是翻了年，羊就能繁殖了，等生了小羊，就有钱给我买新鞋穿。”

李建文哽了哽，又说：“我那时候特别羡慕学校里踢足球的同学。足球是学校里李老师买的，踢球的孩子们都有双好鞋子，我的鞋都是我妈给我做的，布鞋，穿起来不合脚，老是做小，脚趾露出来了还穿。我很想踢球，从来没敢凑近过。我就拼命割草，冬天了，地里山上都没草，就到处去拾麦穗，麦穗是人家没收干净的。拾回家，晾干，掺着麸皮面给羊吃，只希望羊快快长大，生羊崽。”

“那你后来买到鞋了吗？”牧云笛问。

“后来啊，后来有天晚上，我听到院子里传来砰的声响。我妈睡得熟，是我拽醒她的。院子里有电筒光，朝我们睡的屋里射了过来，我晓得是有小偷，很害怕，我才十岁。我妈醒来后，从厨房拿起一把菜刀。拿菜刀的手其实是哆嗦的。不过我妈胆子也大。让我穿上鞋子裤子，叮嘱千万别出去。就这样，我妈把路灯先按开，院子里一下子敞亮了。可那人并没有胆怯，还继续拽羊。我妈懊恼了，把门打开，朝着外面就冲去，和那人打了起来。我吓得直哆嗦，后来那人跑了，羊留下了。翻了年，羊果然下了崽，但我还是没买上新鞋。”

“为什么，你妈反悔了吗？”

“她没有反悔，是我反悔了。我现在都觉得对不起我妈。其实，你妈她也挺难过的。”

“别给我提她，提她我就来气。”牧云笛一脸不高兴的样子。

“或许她有苦衷。”李建文说。

“她要是有苦衷，就不会做那些让人难以启齿的事情，也不会搞得现在家破人亡。你晓得不，我小时候最喜欢去外公家玩，长大后就不爱去了。外公会钓鱼，他家门口有条河，河水清澈，要是划船的话，能摇到重庆去。外公在屋后的竹林里砍两根竹子，做成简易的鱼竿，这样蹲在门前的河边，要不了半个晌午，就能钓两三条肥硕的江鱼。”

牧云笛眼里流出笑意，她继续说着：“我们吃不完，外公就送给别家吃。现在回想起来，我最怀念的，竟然是外公那时候做的酸汤鱼。用切好的酸菜，加上几颗泡椒，放些菜园里的鱼腥草，就是一锅香喷喷的鱼汤，我和外公都吃得不亦乐乎。外婆死得早，外公独守着老楼，家里喂着条黄狗。看过沈从文的《边城》吧，很多时候，我就像那里面的翠翠，等外公傍晚打鱼回来上岸。可是那年，我妈把这样好好的生活都搞乱了……”

“人这辈子谁都会犯错误，或许她一直活在愧疚里。”李建文说这话的时候，不合时宜地从衣兜里摸出支烟来，点上。

“那是她应得的。那时候我爸在镇上的电力公司上班，为了维修电路，常常爬高下低，有时候爬的地方我都不敢想象。尽管如此，爸爸也从来没给我们讲过，他一直为了这个家默默奉献。”

3

牧云笛有些哽咽，她的目光投向对面的工地，过了好一会儿，又转过来。牧云笛看着李建文，说：“你还没告诉我，为啥反悔买新鞋呢，对了，你有没有见过悬在梁上的人。”

“悬在梁上的人？”李建文对她突兀的一问，感到诧异。

“是啊，有个大人悬在梁上。”牧云笛淡淡说道。

“在哪里？”

“就在医院里，你来的时候还路过那里。”

李建文不知道牧云笛说的大人是谁，他仔细回想来时的路，没有看到什么人悬在梁上。他也不想去看，这听起来似乎有些玄乎。李建文不太想去思考这个问题，他把话题转移了，说：“给我说说吧，说说你深圳的那个家。”

“那个家啊，得从小学六年级说起。那年我十二岁，在外公家住的村寨读书，自然生态好，有个剧组就来我们那儿拍戏。因剧情需要，跑到学校里挑小演员，我这就这样莫名其妙地被选中了。”

“当时什么感觉？”

“没什么感觉。拍第一场戏的时候我哭了。那天雨下得很大，我们明明在江对面的山上拍戏，是分场戏。去的人不多，只有我和小乐，小乐站在山顶上咿咿呀呀地喊，我就在下面应。我拍的是采蘑菇的小姑娘，提着只竹篮上山采菌子。由于没拍过，镜头感不强，导演说别扭，拍了好多次。后面江上涨洪水，我们被困了。”

“是消防队来救的？”

“是的，只是来得晚。我看见洪水不断漫过田地，漫上岸边的基石。我妈和一众人在对面呼喊，我本来不哭的，外公和我妈先哭了，我就哇哇地哭个不止。救援队把我们送上岸时，我妈抱着我说不拍了，我们回家，不拍这狗屁戏了。后来是班主任和剧组到家中劝说，我才继续拍。”

“难忘吗？”李建文心想，应该难忘，自己都还没这样的经历呢。

“难忘。那天被救回家后，我爸就回来了，我妈训了他一通，说是只顾着工作，家不管，孩子不管。我爸低着头，啥也不说。晚上的时候，我睡得好好的，听到了吵架声，准确地说，是我妈一个人的声音。起初以为是因为我，后来才晓得不是。我妈噼里啪啦地说着，谁说的，谁说的，老娘不把她嘴扯叉……”

李建文知道，牧云笛又要把话题扯到她母亲身上了。转而问她:“你还没说，拍戏怎么难忘了，有没有吊威亚那种？”

“没有，我们那是个儿童剧，哪来的威亚。难忘的是同陈乐乐相处的日子，他生活在东部，见过的懂的都比我多。他常常给我讲外面的故事。他说他家面朝大海，每年夏季海水涨潮，潮水都会冲出成片的跳跳鱼，他的爷爷是捕鱼高手，能用自制的竿子把跳跳鱼钩进竹篓里，一条接着一条。这样积累到一定的量，夜里就能美餐一顿。他的奶奶也厉害，会捞满满一竹筐的青螺，然后放进清水里洗净，浇上淘米水浸泡，等秽物吐出后，合着采摘来的新鲜紫苏爆炒，美味爽口。”牧云笛说着，好像美味还回味在嘴里一样，她的喉咙微微蠕动了下。

“你羡慕那样的生活吗？”李建文问。

“算是憧憬吧，自从离开外公家以后，我都没有回到那个村庄过。城里的很多生活方式不像以前，起初有些不适，后面慢慢就习惯了。”

“你妈说你一直很乖，成绩很好。”

“那是以前。”

“眼睛会痛吗？”李建文的话问得有些突兀，他想起了牧云笛母亲的话。在牧云笛眼里没长刺的时候，她是小区里公认的乖乖女，现在成绩一落千丈。

“不痛，你还没告诉我，你为啥反悔买鞋子。”牧云笛显然不想提自己的眼睛，也不想提成绩。

“这个……快开学的时候吧，有天晚上我已经睡着了，听见我妈屋子有声音，像是疼痛引起的。声音持续了好一会儿，后面就消失了。第二天醒来，我把这事忘了，照常背着书包去读书。那之后的一个月，家里面就出事了。村里有个阿婆来我家，说是请我妈去帮几天忙，给她家挑粪肥地。我妈在挑担子的时候摔倒了，进了医院，才晓得得了乳腺增生。原来我妈忍了很久，她怕被我发现，夜里痛的时候都不吭声。医生说我妈的病比较严重，必须做切除手术，否则发生癌变就麻烦了。做手术需要钱，一万多块，家里什么也没有，我怎么可能还想买新鞋子。”

“那你妈呢？后面好没？”

“她做手术了，要是我知道手术会害了她，就不会在单子上签字了，不过话说回来，那个节骨眼上，不做手术也不行。两年过后，我快十三岁的时候，我妈就离开了我。村里的阿婆们说，我妈是手术给害了的，那病沾不得刀气，沾了吃啥药都没用，要是不碰刀，或许吃中药能好。”

“哦，好吧，你妈也是个可怜人，你也别太难过。”牧云笛反倒安慰起李建文。

“嗯！”李建文哽咽道。

“后来呢？你怎么过的。”牧云笛问。

“寄居在我大伯家，大伯是个本分人，只会种地不会做生意。上了初中，家中的开销就大了，大伯不仅要供我读书，还要供两个堂弟，伯妈和大伯闹别扭，意思没有说出来，不过我知道和我有关。十五岁的时候，我辍学了，去小镇上学木匠，或许不是做木匠的料吧，做啥啥不对，做啥啥不像，师傅发了火，说教不了我这么笨的。那时候我难过了就独自听歌，后来喜欢上周杰伦，你知道我为什么喜欢他吗？”

“因为他有才。”牧云笛说。

“有才是回事，另外是他的歌歌词都写得好。现在想想，要不是喜欢他，就不会有现在的我。听他歌度过很多年，起初我对他并没有什么好感，小鼻子小眼睛的，说话咬字不清。有次去音像店买磁带，想买周传雄的，卖完了，老板推荐周杰伦的《叶惠美》给我，回来听的第一首歌是《以父之名》，好听，那旋律真好。后来他出中国风的《东风破》和《菊花台》，我被那些歌词深深迷住，上网就抄方文山写的韵脚诗，我开始偷偷在QQ空间写分行，只有我一个人能看。”

李建文笑了笑，又说：“直到在工地上打工，我都没有告诉过别人，我看杂志的时候其实是一个词一个词地揣摩，我尝试着投稿，后来还真发在了期刊上，再后来我用存的钱读了自考大专，又进了报社，做了记者。待遇不高，干的却是自己想干的事。”

“你挺厉害的。”牧云笛转过脸看他。

“厉害吗，比我厉害的太多，个人追求的不一样吧。”

“是啊，那你一定看过周杰伦的《不能说的秘密吧》，你相信时间也会像他电影里一样倒流吗？人能回到某个过去。”

“这个……没试过，或许能，爱因斯坦的相对论不就是证明可以的吗？只是要在人的运动速度比光速还快的情况下，那简直太不可思议了。”

“如果我能回到过去，我就会在那个夏天选择去深圳。”牧云笛看着远方，若有所思地说道。

“为什么？”

“那天拍完戏，雨下得很大，剧组说要走重庆看看。陈乐乐他们走的是水路，走之前说好的，他到了深圳给我寄照片，可是我至今没有收到过。”

李建文的职业病犯了，他隐隐觉得，或许是陈乐乐在重庆遭遇了什么。就问：“你还记得是何时吗？”

“2005 年 6 月 24 日。我记得很清楚，碰巧那天也是爸爸的生日，本以为全家人会很高兴，爸爸妈妈却又吵架了。妈妈站在里屋，撕扯着爸爸给她买的新衣服，一边哭一边骂，骂得很难听。什么，某某人才是烂货，我听不下去，摔了门去同学家了。”

李建文知道，牧云笛又有些伤心了，牧云笛并不像个精神异常的姑娘，相反，还很多情，这勾起了李建文很多的回忆。离开医院时，李建文不自觉地抬头看来时路过的门、小树林等地，他没有看到牧云笛说的那个悬在梁上的人。

4

早上醒来，李建文的手机里有两个未接电话，是编辑部主任打来的。李建文知道，领导在关心稿件的完成情况。这个轰动县城的新闻，记者们曾照实写了 n 篇通讯稿，没能写出什么新意，领导想让李建文去挖，深挖，挖到现在，李建文越来越不明白领导的意图了。

李建文回拨了电话，主任问进度如何，李建文给了个不明不快的回答。说有小突破，但还需进一步挖掘，正努力着。

挂了电话，李建文陷入沉思，做新闻是想反映社会民情，关注社会热点，他是真想做点有意义的事情。现在看来，很多东西不能遂已所愿，他审视自己，感觉自己像个骗子，在博取牧云笛的信任，一步一步走近她，套取某些东西，回来后又编织莫须有的玩意儿。说白了，自己就是一只伪装成羊的狼。

李建文登陆了百度首页，不知道为什么，他对牧云笛给的那串时间很感兴趣。他决定搜索，在查阅了各类网站后，他发现了一件事情，这件事情无论在时间和空间上的吻合度都和牧云笛所讲的剧组下重庆有关。

想到陈乐乐，李建文就想起牧云笛看到的瘦高男孩。瘦高男孩不是回深圳了吗？陈乐乐的家也是在深圳，莫非瘦高男孩和陈乐乐有什么关联？李建文决定给牧云笛打电话，他想问个清楚。

牧云笛的电话没有人接，李建文决定去医院。

医院里，病人们鱼贯进入诊断室接受主治医生的检查。牧云笛的母亲正在门口等候，约莫半个小时，医生和牧云笛出来了。回到病房，医生告诉牧云笛母亲，手术安排在后天，叫她们做好准备，这些天吃清淡点。

医生离开，牧云笛高兴地拉上李建文出了病房，母亲在后面喊她吃东西，她也没理。李建文问她：“要去哪里？”牧云笛说：“不去哪儿，就是想说一件事。”李建文问：“啥事？”牧云笛说：“想给你个惊喜，今晚凌晨以后你还来吗？你来的话，我带你见个人。”李建文问：“是谁啊？”牧云笛笑，说：“你见了就知道。”

李建文又问牧云笛，陈乐乐是不是她所看到的瘦高个子男孩。牧云笛被问住了，她说是，又说不是，含含糊糊的。只说那个男孩很高，家也在深圳，但是不知道他们是不是同一个人……

被她这么一搅和，李建文也糊涂了。

离开医院前，牧云笛想到了什么，她给了李建文一串数字。牧云笛说：“自从高个子男孩和我作别后，这串数字就常常闪现在我脑子里，数字闪现时，眼前还会浮现起深圳的那个家。”

关于深圳的那个家，牧云笛没有过多描述。

在李建文看来，这串数字或许是高个子男孩留给牧云笛的某种联系方式。数字是这样的：137135913××。李建文认为，这串数字就是联系电话。他想打，又有些迟疑。

从医院出来后，李建文漫无目的地走在街上。他还在回想早上在网上搜到的那条新闻，新闻的内容如下：

6月25日，记者从重庆市××县公安局交通警察支队获悉，为确保“6·24”长江××段翻船事故抢险救援工作顺利实施，6月24日凌晨起，将对事发区域的交通路线实施临时紧急交通管制，除参与抢险救援车辆外的其他车辆均须绕道行驶。

路过移动营业厅，李建文想查下这串号码，按照新闻上所记载的那次事件，翻进长江的轮船很可能就是陈乐乐剧组所乘坐的。那么，这串号码又是谁的呢？

在营业厅，营业员输入号码，查出归属地确实是深圳，李建文试着拨号码，号码是空号，怎么会是空号？

出了营业厅，李建文的心里空落落的。冥冥中，他感觉这号码或许有人用过。为了更深层挖掘新闻点，他决定联系深圳的驻站记者，或许他们能帮上自己。在告知深圳的同事电话号码后，他就静静地等候着远方传来的消息。

5

回到住处，李建文在无聊中度过，他不知道接下来会发生什么不可思议的事情，牧云笛会给自己什么惊喜。

深夜，李建文再次进入医院，牧云笛没有睡着，李建文轻轻敲了敲她的肩膀，她就翻身起来了。俩人走出住院部大楼。李建文问："去哪里？"牧云笛指了指方向说："这边。"牧云笛所指的地方，是医院的树林，树林还是有些面积的，白天病人们会来这里休息、呼吸新鲜空气，夜里，人们四散离开，这里就空落落的。

"就在那边。"牧云笛走在前面，一副轻车熟路的样子。

"你听说过时间之门吗？"

"只是在网上听到过，怎么，这里不会也有这样的门吧？"李建文用戏谑的口吻说道。

"是的。"

牧云笛这么说，李建文颇感诧异。在朝树林深处走时，李建文越发感觉所站的地方不是医院里的那片普通树林了。林中雾气腾腾，深幽森莽。牧云笛站在一片雾气中，向李建文回过身，天空中没有月亮，她的脸却分外明晰，她冲着他笑，说："这里就是时间之门，所谓的"门"

并不是具体的门，当你走过这里的重重迷雾，就会见到一个让你意想不到的人。”

走进迷雾时，周遭的一切变得像牛奶般乳白。李建文彻底湮没在这白茫茫的世界。面前有风吹过，很轻，雾气渐渐散开。跃入眼帘的是另一个世界，这里晴空万里，苍山抱翠，人们正在田间躬身劳作。地里有个身影再熟悉不过，那是个很普通的农家妇女，穿简单的布料衣服，妇女正在插秧，或许是热了吧，她用手擦着汗。

“怎样，看到阿姨你激动吧！”

李建文没有来得及说话，他流露出万分诧异的表情。他喊了声妈。妇女没有听到，依然认真地做着手中的活。

“不用喊了，有些事看得见就行，却不能真的走近，她听不到的。”

“妈！”李建文又喊，妇女还是没有转身。“这是哪里？”李建文转过身来，冲着牧云笛问道。

“时间之门，我们该离开了，要是太晚了就回不去了。”

“到底怎么回事？”李建文在后面问牧云笛。牧云笛没回答他，继续往前走。

走出迷雾，走出那片树林，李建文看了看手机。进去时零点一刻，出来时已经快五点了。到住院部大楼，牧云笛走了进去，又回了回身，抬头说：“奇怪，怎么又不见了？”

“什么不见了？”李建文问道。

“就是悬在梁上的人，我们前面出来时他还挂在这儿呢。”

李建文不知道该怎么接她的话，这里除了他和牧云笛，他什么人也没见过。和牧云笛道别，牧云笛说没有困意，想和他再聊聊。李建文已经困了，他打了打哈欠，但是想到刚才看到了母亲，他又没有了困意，他不想扫牧云笛的兴，振作起精神，说："好吧，聊什么？"

"你知道挂在梁上的人是谁吗？"

"谁？"

"当年和我爸打架的人。那时候我已经上初一了，我们家搬进了县城。我住校，很少回家，爸爸也是。我们相见的机会更少，有次外公来县城，买了我最爱吃的鲈鱼，那天外公在校门口等我。放学后，我们搭着船回外公家。才爬上岸，就被眼前的一幕惊呆了。村民们围在外公家门口，里三层外三层，走进去看，父亲和一个男人在地上打滚，你一拳我一脚的。那个男人我认识，以前和我妈一个水利站的，后来去了农技站，平日里骑飞鸽牌自行车，上班时爱路过我家，我妈还坐他车上班。"

牧云笛的手里不知道何时多了根小棍子，她用棍子在地上划来划去，接着又说："那时候才晓得，原来我妈和那人有染。那场架是我爸打赢了，那天我们都没吃饭。村民们对我妈指指点点，我完全懵住了，完全湮没在人们的口舌之间，我躲进屋里，不知道怎么的，就趴在被窝里号啕大哭起来，我从来都不知道，也不相信，这样的事情会发生在我家。那天晚上，我爸进屋来，从怀里摸出一只阿童木玩具给我。爸爸说，他从另一个集镇买的，看着阿童木，就能看到小时候我骑在他腿上玩耍的场景。爸爸本来是回家的，可是家里没人，就来外公家，最后就看到了不堪的一幕。爸爸还说，他必须离开落水湾了，他这样的人，在落水湾抬不起头。自那以后，我再没见过他。"

听了牧云笛的讲述，李建文想起自己的母亲，刚才在时光之门看到的母亲，音容正如儿时所见的一样，可他们毕竟不能相认，或者这时间之门就是个幻境吧，根本不值得去追究，母亲始终是过世多年了。

李建文望了望窗外，天空更暗了，这是黎明将要到来的表现，他想回去了。

他和牧云笛作别，牧云笛说：“明天晚上我手术，等我手术结束你再来吧。”

李建文说：“好啊，希望你早日康复。”

牧云笛什么也没说，貌似对她来说，康复并没有什么意思。

见牧云笛走进大楼，李建文才下了楼梯，在出住院部大楼时，他下意识地抬头看了看门头，门头上什么人也没有。

6

牧云笛走近手术台，回了回身，她看到母亲满是焦虑的眼神。毕竟是从眼睛里拔一根刺出来，换作谁的父母，都会担心的。

时间在一分一秒走动着，李建文看着手机，算着牧云笛做手术的时间。他的脑子里闪现出一些问题，做了手术的牧云笛，还会看到那个高个子男孩吗？他还有必要写这篇“深度报道”吗？他有些纠结。

他拨通了深圳驻站记者的电话，想跟进下查询工作。同事说忙晕了，差点把事情搞忘了。在 12 年前，这个号码确实有人用过，但那以后，就没人再用了……

同事还在那边说着什么，李建文已经知道是什么情况了。对于这种情况，他不知道该怎么告诉牧云笛。正愁着，领导发来短信，问：小李，稿件怎样了？要是没找出其他更有意义的新闻点，你先发一篇你现在写好的给我也行。

李建文不知道该怎么回，思考了很久，他还是打了几个字：主任，改好就发您。

挂了电话，李建文思忖着，该怎么面对牧云笛，难道还继续问下去？他有些不想写这篇所谓的“深度报道”了。他想起了牧云笛第一次爬上医院楼顶时的场景，牧云笛说：“你再变个，你再变个，变得真好，比电视上那个刘谦还好。”

李建文知道，那时候的牧云笛，一定在看高个男孩给她变魔术。李建文小时候也想成为魔术师，能把花变成鸽子，把纸变成钱，要是有了很多钱，就能穿新鞋子，踢新足球，买好多好玩的玩具……

在电脑里输入“魔术”关键字，李建文找到了相关学习视频，他决定用一个下午的时间，学习简单的魔术技能，为牧云笛变一次。

到了深夜，李建文再次来到医院。他又进入住院部大楼，潜意识地抬头看了看住院部大楼的门头，上面什么人也没有。和往常一样，李建文敲了敲牧云笛的肩膀，牧云笛坐起身来。不过，她的眼睛上戴着个眼罩。

“怎么了？”李建文问。

“没怎么，医生说做了手术怕感染，所以戴个眼罩，放心，我的另一只眼睛是好的。走吧，今晚你想去哪里？”牧云笛问。

“时光之门，我想去那里看看。”李建文说。

他俩和之前一样，走进树林，走过迷雾，走了很久很久，眼前还是乳白的迷雾。李建文说：“我们会不会走错了？”牧云笛说：“应该不会。”李建文说：“我给你变个魔术吧，你看看这是什么。”李建文说着，揉弄着手中的一根红线，红线在他手里搓了搓，变成一只灰色的鸽子。

鸽子翅膀一扑棱，向前方飞去。

“走，我们跟着鸽子走。”牧云笛欢脱起来。

“你啥时候出院？”李建文在后面问。

“还有几天吧。”

“等出院了，你就可以回学校了，马上又要考试了。”

“我不想考试，我只想像这只鸽子一样。不对，我怎么觉得今天走了很久云都不散呢。”

“是啊，我们是不是回不去了。”

“不知道。”

“你看到远方有什么吗？”李建文问。

“我什么也看不到。”牧云笛说，又问道：“你呢？看到什么了。”

李建文揉了揉眼睛，站在原地半晌不说话。牧云笛又问：“看到什么了？”李建文说：“你再走走，再走走看能不能看到。”

牧云笛不知道他看到了什么。

带梅花的油画

结局

10月15日23时许，城南一栋老工人宿舍内发生一起特大凶杀案。

据警方透露，案件造成5人死亡。经初步鉴定，其中4名死者因受钝物打击致死，1名死者手持铁摇杆，躺在血泊中，蒙有面罩，身份可疑，但死因不明。

目前，案件正在进一步调查中。

（A 城在线网）

内 容

1

早上十一点，睡得很沉的黑玫瑰被大个子的电话吵醒。她迷迷糊糊地接了电话，大个子说，今天周日，想过来看看她。听见是大个子的声音，黑玫瑰有些怔住，想起前些天的事来，她就不想理他。可是自己已经有三天没见他了，她沉默了片刻，说：来就来吧，我再睡会儿，钥匙就在门头上。

黑玫瑰挂掉电话后，睡意逐渐退去，不仅如此，心中还生出一种不祥的预感，她感到烦躁，不知道有什么不幸的事将要发生。她又看了看墙壁上的那幅油画，油画静静地挂在墙壁上，与往日相同。

从第一眼看见这幅油画时，她就心生忌惮。并不是说画上的图案有多吓人，它不过是一幅再简单不过的油画，长宽两米开外，镶着木框，画的位置正对着黑玫瑰的床。色泽随时间的推移变得黯淡许多，但依然能够看清楚上面所画之物。一张方格子的桌布，桌面上端放着一只果盘，果盘里盛满水果，有苹果、香蕉、橘子。果盘旁边是两枝蜡梅，梅花呈粉色状，似落非落。

这幅画最初让她忌惮的，不是梅花，是那些方格。方格子让她想起北方的家乡，那里的田地呈黑褐色，成片成片。春天农耕时，总能看见农人们在田间忙碌，尤其是拖拉机犁地的时候，黑色的土壤像海浪一样翻滚着。

她看着这些方格，就会想起和自己一起睡的那些男人。男人们总是喜欢耕耘，把她的身体当成一块永耕不坏的地，在上面无数次翻滚泥土，播散春种。起初她是有些厌恶这样的生活的，感到肮脏无比，可是后来渐渐习惯，竟然喜欢上了这样的放纵，喜欢上了在酒吧里买醉，和形形色色的男人上床，闻他们身上不同的体味，体验别样的快感。

大个子就是她在酒吧里认识的。那是上上周的一个周日，那天她同往常一样，坐在酒吧里常坐的那个角落，不知道出于何故，那个留有胡须的大个子在远处留意起她来，并在舞间过来和她搭讪，邀请她跳了一支舞。

他们在跳完那支舞后，就按捺不住，跑去了酒吧外不远处的一家宾馆开房。

黑玫瑰是有这种本事的，那个男人也有这种本事，他们勾引人的本领仿佛与生俱来。黑玫瑰想，如果当初不是被那个她爱得死去活来的男人抛弃，或许她怎么也想不到如今会这样糟践自己的身体。

她不是没有害怕过，在她还没出嫁时，有个巫婆来她家里讨水喝，那是一个夏日的午后，天气炎热，巫婆喝完水还不想继续赶路。见到她的面相后，就劝她父母，以后一定要为她择一门匹配的亲事，双方八字必须相符，否则一旦婚变，她将走上不归之路，甚至这辈子都会毁于男人之手。

那时候的黑玫瑰还是待嫁的姑娘，面容姣好，恪守本分，孝敬老人，被方圆几十里的乡亲们传为佳话。她的父亲在听到巫婆的这番无稽之谈后，气愤不已，当即端起巫婆喝过水的碗砸了出去，哐当一声，掷地有力。巫婆只得挎上行囊，悻悻离去。

现在，门被推开了，是大个子。他脱下外衣，挂在墙角的衣架上。屋里没有开灯，有些灰暗。他走向黑玫瑰的床，坐在床沿边。黑玫瑰对他的到来表现得不以为意，她侧过脸睡自己的觉。

他没有说话，用手去抚摸黑玫瑰的脸，但她把头挪得更远，拒绝了。黑玫瑰还在为那晚的事生气，那天晚上，她是如何又和这个大个子缠绵的已经忘得一干二净，总之醉乎乎的。她只记得他伏在她的身上，高潮时竟呢喃般地念着一个女人的名字，开始不怎么清楚，后来越发清晰，她当即就生气了，狠狠地推开了他，两人所有的动作都戛然而止。

黑玫瑰问他："她是谁？"

大个子没有说话，他阴沉着脸，看了看黑玫瑰。

黑玫瑰又问："是谁啊？"

大个子还是没有说话，他翻身下了床，穿好衣裤，然后出了门，那时已是一点。这让黑玫瑰感觉难过，她觉得是莫大的侮辱。

现在，黑玫瑰对他的气还未消停，虽然她不想再提那个女人的名字，但想到这里，她还是很不舒服。可是她又有什么理由不舒服呢，她在心里想，他们又不是正常的男女关系，凭什么呢？凭什么对这样一件事耿耿于怀？他们本来就是为了欢愉，可以什么都不管的。可是她又不得不承认，他确实是个让她心有所动的男人，尽管这个男人从第一天起就让她感到有所不安，带着某种目的性，不只是为了上床。

大个子继续抚摸她，从头发到脸庞，再到脸庞以下的部位。黑玫瑰感到全身有些酥痒，她的身体不自觉地颤抖了下，她没有去捂被子，也没有说不字。男人渐渐用手去抱她，并且试图寻找她的唇，灰暗中，他们对上了，她吻他，整个吻都密不透风，让男人几乎喘不过气来。他把她压在床上，突然，黑玫瑰在他的下唇上狠狠地咬了一口，有血溢出。

她笑道："都说男人的下嘴唇决定性欲，我想看看你对我的欲望有多强？”

男人没有说话，用手擦了擦唇上的血，接着，他又重新扑到了黑玫瑰的身上，一边脱着衣服，一边铺天盖地地吻着黑玫瑰，黑玫瑰在突如其来的吻前强力用手隔开了他的唇，说道：“你等我一下。”

她披上外衣，穿着睡衣出了门，去上厕所。黑玫瑰每次在做事前，都要先去一次厕所，这是惯例。几分钟后，她从走廊的另一边回来，刚好看见住在隔壁的小伙子，小伙子正开门进屋，没有和她说话，只是对视着微微笑笑。

黑玫瑰看着这个稚气未脱的小伙子，想起之前他们发生过的事情，忍俊不禁。不过她没有逗留，径直进了屋，才到床边，就被大个子拉上了床，他疯狂地用手扒开她的衣服。那是一种让人贪恋的鲁莽，黑玫瑰和他裹挟着被子，大个子很莽撞地进入了黑玫瑰的身体，他俩就这样疯狂地交缠在一起。屋里充盈着各种声音，喘息、呻吟、床响，时间一分一秒过去，黑玫瑰眼神迷离，迷离中她又看见了身上的这个男人嘴里念念有词，他又在念着那个女人的名字。

黑玫瑰不知道那个女人是谁，又感觉到莫大的羞辱席卷而来，没有哪个男人在和自己做爱时想着别的女人。

她怒道：“那个贱人到底是谁？”

大个子显然没有被她的骂声怔住，倾尽全力后的他头发蓬乱，他跨在黑玫瑰的身上，面色冷漠得有些狰狞，能看得出他心中燃烧的怒火，他用凌厉的目光盯着黑玫瑰，良久，然后，黑玫瑰看见他高高举起一只手……

2

黑玫瑰屋里传出尖叫声的时候，小伙子就在门外，他知道里面一定发生了什么事情……

今天早上，他从桥头算命先生那里回来时，就感到一种前所未有的恐慌了。算命先生在接过他写有生辰八字的纸条后，用手指掐算了一下，排出了他会有大坎坷的年龄，刚好就有今年在内。如果不慎，他将会卷入血光之灾。再结合前些日子所做的梦，以及近日以来所遇到的那些事，小伙子越发感到不安。

两周前的一个晚上，他沉沉睡去，很快进入梦乡。梦里他看见了自己的叔叔，还有婶子，以及侄儿，他们的模样和五年前一样，没有丝毫改变。他梦见自己和他们坐在一间茅屋里打麻将，那是南方老家的山林里才有的茅屋，打着打着，他的面前就堆满了钱。他实在赢得太累，想回去休息了，叔叔开玩笑说，我们有的是钱，就当全是送你的，只是你要留下来吃晚饭才行。并且问他这间新修的茅屋如何，他抬起头观摩这间屋子，结实牢靠，说修得不错。然后叔叔就跑出了屋子，扛来一根杉木，并且丢在门口的坝子里刮起皮来。他有些不解，叔叔说帮他修一间这样的茅屋，这样以后他就能住在他们隔壁了。叔叔说这话的时候，笑得很开心，露出两排洁白的牙齿，这时，小伙子感觉到屋子不知受了何种力量，摇摇欲坠。

醒来时他满身大汗，屋里灰暗一片，但还是一眼就看到了床对面墙上挂着的那幅带有梅花的油画。他第一次搬进这间屋子时，就对那幅油画心生恐惧。油画镶有木框，上面画着一张方格子桌布，桌面上端放着一只果盘，果盘里盛满水果，有苹果、香蕉、橘子。果盘旁边是两枝蜡梅，梅花呈粉色状，似落非落。

他害怕那些梅花，有几次，他总感觉那些梅花正扑簌簌地顺着墙壁落下来，那些梅花让他想起关于那个画家的传说，只是他不敢去考证那个传说的真伪。

从梦中醒来时，他眼前的梅花并没有落下，梦境让他感到恐惧，叔叔一家早在五年前就死于车祸，所有人都伤心不已，他们一家被埋在了老家山后面的槐树林里。

这次梦之后，接下来的事让小伙子一次好觉都没有睡过。他夜里开始失眠，逐渐地需要安眠药才能入睡。这还好，如果遇到上夜班，他白天就必须休息。可是好几个中午，他睡在床上，都感觉自己的床在动，迷迷糊糊中他看见对面油画的梅花没有落下，只是窗外总有一些黑色的鬼魅般的身影跳动，模糊不清，就像一只只猴子一样在反复翻爬着窗户。窗户外装有保险网，他知道它们进不来，但躺在床上的他也动弹不了身子。

想着近来遭遇的一切，小伙子不知不觉就从算命先生那里走回来了。走廊里阴暗潮湿，这是附近最便宜的房子，条件较差。一栋很长的平房，中间是一米开外的走廊，走廊两边是宿舍，男女混住。走廊的另一边出口原先对着马路，后来因为常常有小偷深夜借道进来，偷走了厂里的其他财物，所以有人建议把它封掉，导致走廊里采光条件较差，愿意住在这里的人不多，算下来，加他也只有三个，两女一男，几乎没什么交集。

他正拿出钥匙开门，就看到了从厕所里出来的黑玫瑰，黑玫瑰是他的邻居。她穿着睡衣，能看见她白嫩的乳房间那道深长的乳沟。他们相视一笑，出于邻居的礼貌。

但他知道，他是有些尴尬的。最近总有个男人来找黑玫瑰，就在前些天，他们还因为剧烈的运动使得床头撞击着自己屋里的这堵墙。关于黑玫瑰的身体，小伙子不是没有想过，而是还得到过。

他来到这里的第三天，因为水土不服，晚上一点的时候又起来解手。他看见靠在走廊口的黑玫瑰醉得不省人事，暗黄色的灯光下，她瘫软无力，几乎要坐到地上。小伙子以为此时不会有人，没顾忌那么多，只穿着一条裤衩出来，见她如此，倒真感觉不好意思，但还是决定扶她回去。就在他把她扶回房间床上时，这个身材丰娆的女人环住了他的脖子，一下把他拉上了自己的床。裤衩比什么裤子都更方便穿脱，那晚，他第一次知道了什么叫丰乳肥臀。

小伙子进了屋，准备午休。才几分钟，那熟悉的床与墙的撞击声又传了过来，他睡意全无，开始意淫起黑玫瑰来。这让他坐立不安，他竟然忘记了自己只穿着一条裤衩，就这样轻轻地打开了房门，蹑手蹑脚地来到了黑玫瑰的门边，他把耳朵贴得很近，试图听见里面发生的一切。

屋子里起先是床与墙的撞击声，以及黑玫瑰的呻吟声，接着，不知道因什么原因戛然而止。

然后时间像凝滞般，屋子里什么响动也没有了。突然啊的一声传出了女人的尖叫声，小伙子被惊住了，他不知道里面发生了什么事，此时只穿着内裤的他弯弓着身子，显得有些瘦削。他想推开门看看，但又不敢，他想离开，又想再听听，于是他把耳朵贴得离门更近。

然而，里面没有其他声音了，他仔细地听着，可是什么都没有听到。

时间一分一秒过去，随着他的心跳声。

此时，门突然开了，一个高大的男人站在他眼前，他正整理着自己的衣领，像是才穿好衣服。

他们两人四目相对。

3

在听到关于那个青年画家的传说后，文质男就劝说过白玫瑰搬离这里，但劝说总是无效，这让文质男捶胸顿足好几次。

相传这里很早以前住过一个画家，他用高价租下了这里的几间房子，并且在里面搞油画创作。那时候这里还住满了工人，每天都会有各色各样的男人拿着口杯走出门外漱口，也有各色各样的男人端着脸盆，露出古铜色的肌肤在门口洗脸、擦背。他们见到路上漂亮的女孩时，总是会不约而同地吹出带有戏谑性的口哨，以做挑逗。

可是后来因为一件事情，这里被搬得空空如也。

那是一个夏天的晚上，画家相继请人把屋子里的画全搬了出去，人们都以为卖了高价钱，可是堆得如山的画作全被搬进了垃圾池。画家提来汽油，全部泼洒在了那些画作上，付之一炬。火舌肆虐，火光通明，很快将其化为灰烬。一旁观看的人连声叹息，之后很久都没人再见到那位画家。

在所有人都以为他离开了这里时，四周的空气中开始弥漫着一股难闻的恶臭味。当人们撞开画家曾经住的那间房的门时，屋子里死气沉沉，仅有的家具铺满灰尘，结有蛛网。坐在床上的画家尸体已经腐烂，有蛆虫爬动，不堪入目。

有人说，画家是死于肝病。肝病的由来，是因为他使用了一种从非洲进口的花粉，将这种花粉与颜料调配后，画出的画会有别样的美感。只是颜料含有毒素，长期接触会让人产生炫目、神迷等错觉，甚至让人心烦意乱，做出种种极端的事。画家可能还听信了传言，将其吸食进了体内，逐渐损害了自己的肝脏。

白玫瑰反驳过文质男，说这只是一种传说，传说的事情是难辨真伪的，况且也找不到一个敢肯定这件事情的人来。文质男焦急万分，他说："那旁边这几个被封了门的房间怎么解释？为什么要在那几间房子的门外砌上一堵砖墙，还用水泥浆子抹得严严实实。"

"砌上一堵墙并不代表什么，主要的是你现在必须离开我。"她说这话的时候歇斯底里。

文质男不解，他们相遇时一切都是美好的，为什么最近她越发地躲避自己呢。他们在一个朋友的聚会上相识，两人一见如故，相谈甚欢。之后的交往中他知道她结过一次婚，带有一个五岁的女儿，但他都不介意，他愿意和她好好儿生活，愿意照顾这个可爱的孩子。

可是近来，白玫瑰反而劝说起他来，让他离自己远点，她不是个好女人，还带有一个拖油瓶，这些都不是关键，最主要的，是他和她在一起不会有幸福，甚至可能会招来灾祸。她说得越离谱，他就越不想离开。

早上，文质男给白玫瑰打电话，说今天周日，想过来看看她们母女。白玫瑰是不同意的，她拿着电话走到窗前，轻声地告诉文质男，希望他不要再来找她们母女了。尽管她遮掩得很好，可还是被在场的五岁女儿察觉，她机灵聪敏，知道给妈妈打电话的一定是文质男，于是嚷着要和叔叔说话。

文质男说："乖，要不要叔叔来看你啊？"

小女孩激动地说："叔叔，你快来吧，我妈妈正准备做饭呢。"

文质男和小女孩挂掉电话后，就收拾好出了门，他先去超市买了些孩子喜欢的零食以及水果，半个小时后赶到了白玫瑰家。他们三人吃着饭，倒有些像家的感觉。童言无忌，小女孩说："叔叔，你要是我爸爸就好了。"女孩说这话的时候，还特意看了看白玫瑰，白玫瑰面无表情。文质男摸摸她的头，笑道："好啊，叔叔正有此意呢。"说着，他又给她削起苹果来。

她很听话，拿出本子放在桌子上写起字来，字很漂亮，能从 1 写到 100，能写简单的汉字。他问她："都是老师教的吗？"女孩笑道："还有妈妈。"看着这样一个乖巧的孩子，他忍不住又用手去抚摸她的头。

他转身看向正在洗碗的白玫瑰，白玫瑰的目光正看向窗外，呆呆的，一副若有所思的样子。文质男走到窗前，才发现窗户和以前不同，已经上了保险网。

他说："最近不安全吗，怎么上了保险网？"

白玫瑰把盆里的碗捞出来，重新放在水池里冲洗，她说："总感觉有些不安，所以把它上了起来，怕小偷。"

他说："之前就给你讲的，让你搬出去，你看我那儿多好，房子反正有多余的……"

还没等文质男说完，白玫瑰就示意他不要讲下去了。碗已经洗好，放进了碗柜里，她去看女儿的字写得怎么样。却一巴掌打在女儿的左手上，女儿哇哇地哭出声来。

"你打她做什么？"文质男不解道，一把抱住流着泪的女孩，将其拥入怀中，充满怜惜。

“让她不要用左手写字，她就是不听，总是养不成好的习惯。”

“那也不能打她啊，不能好好讲吗？再说了，左手写字说明右脑发达。”

白玫瑰没有说话，静默着。

女孩没有再哭，她接过了文质男削好的苹果。此时，文质男好像听见对面有女人的尖叫声传出。他怔了怔，本来不想看的，但是这栋房子自从进来他就觉得不安，他还是缓缓起身，刚开门，就看见一个穿着裤衩的男人站在对面一间屋子的门外。过了分把钟，那扇门开了，一个高个子男人走了出来。高个子男人看了看只穿裤衩的男人，本以为这样的一刻会发生什么的，但是他俩竟然没有起任何冲突。

不知是不是因为那男人个子太高大，还是故意的，撞了文质男一下，然后他戴上墨镜，朝走廊外走去了。

因为白玫瑰的房间和对面女人的正对着，他从门外向里面瞟，瞅见床上坐着的女人正裹着被子，用左手捂住自己的脸哭泣。他正看着，那屋里的女人就发现了，很不爽，她顺手捡起了床边的手机，狠狠地砸了过来，手机被摔进了走廊里，稀巴烂。惊住了文质男，他不得不把门关上。

对面哭泣的这个女人他其实是不关心的，他关心的是屋里的白玫瑰，就在他把门关上时，他看见了白玫瑰的脸上流露出一丝意欲掩饰的不安。

4

白玫瑰以为从成功逃离前夫的那天起，就算是彻底解放了，可是她错了。

年少时候的无知，让她喜欢上了那个嗜酒成性、充满暴力的男人。那时候她是学校的校花，身边总围着不少追求者，可是大多花言巧语，他们或给她递情书，或献殷勤，但都被她以各种方式拒绝了。

也正因为如此，她才会在放学的路上被一群痞子男围住，其中带头一个意图对她动手动脚。他们顺着学校门外的杉树林把她逼进了两堵墙的死角。就在那里，带头的那个家伙伸手去摸她的胸部，被她用手打开。他不怀好意地笑，继续伸手，直接解开了纽扣，摸到了她的乳罩，摸到了皮肉，她感觉他的手在使劲蹭开乳罩，任凭她怎么挣扎、哭泣。然后，她感觉到他的那双大手像一条蛇，不断地往里爬，捏住了她最丰满柔软的地方。

他把她逼得更紧，直接要用全身把她抵到墙上去。此时，丛林里窜出一个刚撒完尿的小子，说是害他撒得不过瘾，那人被他搅了性，放开白玫瑰，冲着这小子就是一拳，没想到吃了个空，哪晓得这小子以一敌十，把那群家伙打得屁滚尿流。

是很俗的开头，但却被她定义为英雄救美般的故事。从此他们走得很近，她被他的爱所包围着，在正式追到她后的第三天，他就成功和她上了床。

而后她很快就有了身孕，并且迹象明显。他们的事情被父母知道后，父母恼羞成怒，感觉丢尽了脸，学校也勒令她退学回家。他们草草办了婚事，就这么离开父母去了别的城市。时间一久，她才发现他并没有自己想象中的那么好，他喜欢喝酒、赌钱，常常在外不顺心就拿她出气，好几次把她打成重伤。她胆怯了、惧怕了，起初还以为他是因为喜欢她，怀有正义感才救她的，可是被他说成那只是顺手捡一个女人而已，与其让给别人不如自己占有。

逃脱他魔掌后的这几年，她带着女儿辗转去了很多城市，为了让生活好一点，她宁愿租住这栋当时无人搬进来的房子。她想着，他是不会再追来了吧，现在住的这里，足够偏僻和简陋。刚搬来的时候，她就喜欢上了房间里的那幅油画，油画镶有木框，上面画着一张方格子桌布，桌面上端放着一只果盘，果盘里盛满水果，有苹果、香蕉、橘子。果盘旁边是两枝蜡梅，梅花呈粉色，似落非落。

她看到这画就有种祥和感，整体布局合理，色泽搭配适宜，很喜欢。尽管后来有听闻过这里的一些可怕传言，但都不足以让她畏惧，只要不再和前夫一起生活，还有什么可怕的呢。

只是就在前些日子，她接到那个电话后，恐惧感就袭来了。那时候，她在一次聚会上认识了心仪的文质男，她都已经做好了就要和他好好发展下去的决心。可是电话里，那个低沉的熟悉的声音告诉她，她只属于他一个人，和她走得太近的男人都不会有好下场。她痛苦万分，哭道：“既然你不爱我，为何不放我自由，还要纠缠我。”

“我不是不爱你，只是我不想让自己的东西被别人占有。”

他纯粹是个变态。

就在昨天晚上，她又收到了他的短信，说最近几天可能会来看看她。不过她不知道他在哪里，他就像一个鬼魂，时刻在她周围飘荡着，她领略过他的手段，残暴无疑。

文质男关了门，女儿已经不哭了，她正啃着苹果。白玫瑰走到窗前，再查看了下窗户有没有关好，然后她说："孩子今天早点送去寄宿幼儿园吧。"

她和文质男出了门，一路上，女儿拉着文质男的手，邀着他进各种商场，说要这个，要那个。白玫瑰对女儿的这种表现很不悦，但又不好当面指责她，况且，文质男一直护着女儿。

送完女儿去幼儿园，白玫瑰本来想一个人回去的，文质男说："还是去我那儿坐坐吧。"

两个人就慢慢地走着，一路不语。白玫瑰心中明白，文质男是个不错的男人，心地善良，脾气又好，可是她真不想和他再有什么关系。到了文质男的住所时，他的门竟然开着，这让他们充满狐疑，两人冲进屋里，查看了所有房间，钱、卡，贵重的东西都未丢失。文质男摸摸自己的钥匙，不在了，他更加感到奇怪，到底是怎么回事？他想不明白，白玫瑰的眼里却闪过一丝亮光。

二人把门锁好，怀着不安的心在外吃了晚饭。白玫瑰是不想让文质男再回到自己家的，可是不能不排除钥匙有落在了屋里的可能，但文质男的门为什么会开着？折回到白玫瑰家时已是晚上十点，才进屋，白玫瑰就要帮他找钥匙，看是否落在了屋里，可是文质男却把开着的灯摁熄了，他一把搂住白玫瑰，几日以来的憋闷此时全部宣泄了出来。

白玫瑰被他抱得喘不过气来，他不停地吻着她，起初，白玫瑰是有所犹豫的，可是哪有不会动容的时候，渐渐的，她放弃了，她感觉到了他的热度，他们深拥在一起。他帮她褪去身上的衣物，黑暗中，他们摸索到了床边，文质男把她搂到了床上，两具裸露的身体犹如两条滑滑的鱼，一齐滑进了被窝里。他的手四处游弋，她张开腿，他们深深拥在一起，此时，任凭风与海浪如何之大。

事情大概进行了十多分钟，就传来了砰砰砰的急促敲门声。

关 键

文质男和白玫瑰都被这急促的敲门声惊住了，他打算去开门，白玫瑰提醒他穿衣服，他们两个才意识到衣服已经脱在地上，黑暗中，文质男起身摸着去摁开关，灯亮了，敲门声更加紧促。

白玫瑰问道：“谁啊？已经睡了。”

没有人回答。

文质男找到了白玫瑰的内衣内裤，丢给了坐在床上的白玫瑰。他正在穿内裤，敲门声又急促地响了起来。

白玫瑰又喊道：“谁啊？不说话不开门。”

还是没有人回答。

文质男已经穿好了内裤，正在穿外裤，他来不及穿袜子，也不打算穿了，他穿着衬衣，一边扣着纽扣，一边用脚穿鞋。匆匆忙忙的，他什么都穿好了，打算去开门。

白玫瑰在后面摆着手，示意他不要开。

她又喊道：“是谁？不说就不开门。”

“我。”敲门人终于说了话，声音低沉。

白玫瑰感到恐惧，可是她不敢确定是不是他，她又问了一遍：“你是谁？”

“我，还能有谁？”那人的声音依然很低沉。

文质男用不解的目光看看白玫瑰，白玫瑰依然摆着手势示意他不要开，她已经从床上站了起来，穿好了衣服，正去拿屋里砧板上的菜刀。她站在了文质男的身后，两只手死死地握住菜刀，握得连手都有些颤抖。

文质男把小锁拨开，门才开，他就被怔住了。

站在眼前的是一个大汉，大汉的头上蒙着黑布，只留有眼睛和嘴巴小孔，走廊里一片黑暗，他看不清那双眼睛。

大汉丢出一把东西砸在他的胸口，那是一把钥匙，没有人比文质男更熟悉那把钥匙了。他正欲关门，就被眼前无可抵挡的铁棍击中了，铁棍以最快最准的姿态捅进了他的口腔，蒙面男如同摇动拖拉机的摇杆一样把文质男的牙齿顷刻间挨个摇碎，只听见咯咯嗒嗒的声音，嘴里有血冒出。他后面传来了女人的尖叫声，他想用力去关门，可蒙面大汉已经冲进了屋子，他拔出了在文质男口中的拖拉机摇杆。文质男退缩着，试着去摸铁棍，却发现地上什么也没有，只有板凳，他一只手提起板凳，还没有扔出去，就被那只摇杆砸了下来，烂在地上。接着，那只摇杆像中了魔一样，犹如雨点般落在文质男的身上，噼里啪啦。白玫瑰被吓退到了屋子的角落里，她的两手正颤抖地握着菜刀。文质男的头上脸上都是血，他往砧板处退，摸了摸上面，什么也没摸到，然后他又摸了水池，池子里没有碗，没有硬物，他又强忍着痛楚站起来，摸到了窗棂，窗子关得很紧，就算不关呢，不关也没有用，因为外面上了保险网。

他逃不掉了，他遍体鳞伤，奄奄一息，像一条快死的爬虫奋力地蠕动着，嘴里不断冒着血，连地上也是。

白玫瑰被吓得魂不附体，蒙面男走到她的面前时，她的刀才扔出去就被他那充满力气的摇杆打飞在地上，她慌忙爬绕开了他，她出了门，把门拉上锁住，死死的。可是门的中央很快就被铁摇杆打破，露出那个可怕的蒙面人来，他一脚彻底踢飞了门。

白玫瑰要跑出去，却看见昏黄的灯光下走廊的铁门被锁了，应该是黑玫瑰今晚没有出去，早上挨了一巴掌，脸上还有印痕。而走廊的另一头，是被砌得死死的一堵墙。她退缩到了小伙子的门口，不停地拍打着门，希望能够进去躲避，可是门死死地关着，黑玫瑰的门也关着……

事情发生之前，也就是十点的时候。小伙子本来要睡了，可是毫无睡意，他为自己倒了一杯水，这次他把安眠药的剂量放得有点多。刚刚上床，就听见了门外有急促的敲门声传来，他走上前，从门缝里看见了黑暗的走廊里一个大汉左手握着一柄拖拉机铁摇杆，他不停地敲门，门半晌都没开，后来门开了，他就看见了眼前发生的一幕。

直到那个女人被追出来，不断地敲他的门，可是他不敢开，那女的被敲死在他的门上，他隔着门听到她的喘息声，几乎快要被吓死了。这是一扇质量很差的门，虽然门缝不是很大，但他还是能从那个对面被踢飞了的门看进去，看见里面那幅和自己屋里一模一样的油画，他感觉到自己的眼前迷蒙，他能看见那个蒙面大汉也正透着门缝在看他，门缝里透出去的光一定宣示着他还没有睡觉，大汉弯下身，起来时用手抹了一把血，然后用血填封了他的门缝。此时，他昏昏欲睡，他服用的剂量实在太多，他想逃跑，却不可能了，窗子有保险网。他想去睡觉，发现脚下的鞋已经被门外流进来的血包围着，他太困了，他没有一点儿力气，他希望隔壁的黑玫瑰在家，希望她此时能拿起手机打个电话报警什么的……

他倒下了，倒在血泊中，可是他还是极力用右手沾了血，在手心里写了个“左”字。

在他闭上眼睛前，他又一次看见了墙上的油画，油画格外美丽，那些梅花终于落了下来，扑簌簌的，像落在了他的身上一样。

粉底人

1

薛宜志第一次进入大厅时，怎么也没想到，这一步，会成为他与陈智雅那戏谑般命运的开端。在此之前，杨欣给他打电话，那天阳光明媚，薛宜志睡得酣畅，梦见家乡的李子熟了。薛宜志蹚过河水，站到岸边。李子挂满枝头，清脆爽口，仿佛咬一口，就能溢出汁来。

铃声不合时宜地响起，薛宜志混沌中接的电话。杨欣在电话里嚷，你不是要我帮你吗？找到了。找到什么了？薛宜志还没彻底醒过来。你啰唆啥呢，快下来，我在你家楼下。

电话挂了，薛宜志才彻底醒来。两天前请杨欣办的事，那么快就搞定，真是麻利。为了不辜负杨欣，薛宜志赶紧起床，洗漱，穿戴，很快搞定后下了楼。

不错嘛。杨欣抱着手，看着薛宜志，看来你还蛮淡定的，没被丈母娘打倒。

你别忘了，我可是打不倒的变形金刚。薛宜志自嘲道，推出楼下的电瓶车，递头盔给杨欣。杨欣晓得，薛宜志是真的走出三年前的阴影了。那时候薛宜志读大一，薛爸爸得了肠癌，吃不下饭，在省医住了很久，每星期化疗两次，薛宜志就这样照顾着父亲的起居，天天往返于学校和医院之间。后来花的钱太多，薛爸爸就劝他和薛妈妈放弃。不抽烟的薛宜志蹲在楼道里，烟一口一口地往肺里吸，吸了一口，又一捶一捶地砸自己。杨欣看在眼里，急在心里，只能抱着他的头，任他放声大哭。

现在呢！薛宜志正以微笑面对每一天。

快点。薛宜志骑上电瓶车，准备出发。咋样，我的小宝马坐起来可以吧。

还行，就是不知道能跑多远？

120 公里是不成问题的吧，往哪儿走？

富水中路。

从出发点到富水中路大概 20 公里，路上岔路多，红灯多，坐在后面的杨欣有一搭没一搭地和薛宜志说话。

咋样，她是什么态度。

路口车多，特别是过马路的时候，车流像潮水般往前涌。戴着头盔的薛宜志似乎啥也没听到。杨欣把头盔的面罩往上掀，大声喊着，你现在是什么想法？

我还能有什么想法，尽力呗。

薛宜志说尽力的时候，杨欣就啥也没说了。杨欣试图搂紧他，可是她没有。杨欣静静把头贴在薛宜志的后背上。薛宜志的车骑得很好，很稳。

亨特国际大厦二十四楼，年轻人穿梭着。杨欣把薛宜志领到一家婚纱店的前台，说是给她们陈经理讲好的。前台让他们先坐，服务员给他们倒水。

怎么，你不会要在这儿给我表白吧？薛宜志打趣地说。

你再帅也没帅到我主动表白的地步啊。杨欣说这话的时候，瞄了眼薛宜志。薛宜志正端着杯水，打量着这家店墙壁上的各种图片。

喜欢哪种风格？要不要以后你和智雅也来这拍。

到时候看吧。

聊天之际，一个三十岁上下的女子走进来，穿正装，中等个头，偏瘦。女子看了看薛宜志。走吧，跟我到里面来。在女子的办公室，女子做了介绍，并告知薛宜志来这里需要做的事情，钱会一分不少地发给他，只要他做得好，客人高兴。在知道自己的工作后，薛宜志有些难以接受，他说我再考虑下。

出了办公室，薛宜志走到走廊尽头，目光投向窗外的闹市。从二十四楼看下去，这座城市有一小半收于眼底。眼前的道路变得狭窄很多，车子川流不息，人们如同蚂蚁般大小，散落各处。

每一天，这座城市都像一座机器在运转着，从早到晚，周而复始，不知疲累。你知道有多少人需要一份高薪的工作吗？你看看你对面，那家商场门口，有多少背着背篓等着生意的人。

我只是不想没有原则。

原则能值几个钱，原则能让你吃好睡好？况且那也不是你的原则。杨欣始终没有说出陈智雅的名字，她怕伤薛宜志的心。

薛宜志没有说话，只是点燃一支烟。杨欣最讨厌这时候的薛宜志，遇到事情，总是喜欢抽上一支烟，看似淡定，实则懦弱。

再说了，又不是叫你去偷去抢，这个工作很适合你，时间灵活，待遇也好，最主要的，是一份助人为乐的职业。这个世界上什么人都有，什么需求也都会有，你放不下的，只是你自己给自己定的框框。

是啊，这世界上很多人都会有需要帮助的时候，不管穷富，不管贵贱。薛宜志沉思着，他弹了弹烟灰。

一句话，你干还是不干，我可是托了熟人介绍你进来的。刚才陈经理也说了，你的形象不错，只要做得好，你能得到你想要的。

陈经理的话在薛宜志的脑海里闪现。小薛，你的形象不错，只要做得好，客人满意，一个月多拿下几单，收入还是很可观的。或许你才毕业，不愿意被现实打败，觉得自己该做点更有价值的事情，可是何为价值？我们往往不是被现实打败，而是被自己打败。

好吧。薛宜志掐掉烟头。

这就对了，先做段时间看。这里没人认识你，放心，我也会守口如瓶，绝对不会让智雅知道。

2

回去的路上，杨欣问薛宜志，该怎么谢她。薛宜志说，还没吃午饭呢，想吃啥，他请。杨欣笑道，得了吧，你还得凑彩礼钱，送佛送到西，帮人帮到底，今天这顿我请了。

俩人来到国贸广场，薛宜志把车停到路边，锁上。说中午热，随便吃点。杨欣说楼上开了家新的烤肉店，叫什么纸上烤肉，名字挺酷，味道也还不错。薛宜志和杨欣点了三份小烤肉，还有茶点、炒饭。

杨欣舀着碗里的冰粉，说真凉爽，都说这儿的冰粉爽口，也不知道薛宜志省考时吃没，薛宜志说没吃。杨欣才想起来，省考的分数应该出来了，也不知道薛宜志考得怎样，没见他提过。杨欣问，薛宜志说，一般，估计进不了面试。杨欣没再继续问下去，在杨欣心里，是不希望薛宜志能考上的。和薛宜志不同，杨欣只想留在省城，这里虽然竞争激烈，但是精神和物质都比别处丰富，或许是大学四年养成的习惯，她已经深深爱上了这座城市，不愿离开。

那智雅呢？她应该能进面试吧。

她没说。

你得努力点，杨欣往嘴里送着冰粉，抬眼扫视了下薛宜志。薛宜志神情淡定，认真吃着盘子里的烤肉。

对了，你们那经理最近还凶你没。

他啥时候都那样。

最讨厌这种作威作福的人，等你发达了，拿着钱往他脸上扇，你要是不敢，姐帮你，杨欣笑着。薛宜志说，哪有那么深的恨。

怎么没有？就冲他上次损你的那些话，我都听不下去。

他也有自己的难处吧。

对了，这次去的这家摄影公司，你还是好好干，兼职也可以转成全职的，他们薪水高，一月能拿上万呢。

现在还没想那么多，说实话，我都不知道自己能不能干下来。

这么没底，你不能辜负我的美意。

俩人你一言我一语，吃完午饭，外面阳光更加刺目。杨欣想休息会儿，反正是周六，又不用上班。窗外行人如织，杨欣想起大学时和薛宜志来这条街。那时候，他们初到省城，对周遭充满兴趣，逛过不少小吃店。高中校友搞聚会，他们吃饭，无所不谈。薛宜志喝醉了，杨欣搀扶着。薛宜志说，出来了，就不想，就不想回去了，我要，我要扎根在这里。

杨欣才不管他扎根在哪里，只心疼他喝得醉醺醺的。那天晚上，杨欣把薛宜志扶到一家小旅馆。薛宜志躺在床上昏迷不醒，杨欣用湿毛巾给他敷，端来垃圾桶，就这样守着他整个晚上。

后来，杨欣回到学校，有天薛宜志在微信上找她。说请她做个参谋，看个姑娘怎样？薛宜志发来图片。姑娘文静清秀，确实讨人喜欢。薛宜志补充说，可优秀了，学校搞辩论比赛认识的，和我一组，有点喜欢，不知道要不要表白。

杨欣半晌回他，喜欢就不要错过，挺漂亮的！

那之后，薛宜志隔三岔五地找杨欣聊天，都是些鸡毛蒜皮的小事。纵然是这类小事，也让薛宜志思忖半天。诸如：他邀请女孩子吃饭，女孩很久才回，说已经吃过了。他发现女孩的空间留言里，有个男生很可疑，请杨欣分析那男的会不会是女孩男朋友，等等。

起初，杨欣总会认真帮他分析，有时候真想回他一句，痴人说梦。时间长了，薛宜志又好像淡定许多，不再找杨欣请教各种问题。这时候，杨欣反而坐不住了，开始关心起薛宜志到底追到那个女孩没。

大二上学期，薛宜志说要请杨欣吃饭。杨欣乐开了花，换了条新裙子，对着镜子梳妆打扮。薛宜志说，我恋爱了，庆祝庆祝，你帮我多说点好话。杨欣的喜悦荡然无存，失落感袭来，说老师临时安排了课程，去不了了。

再后来，两个人断断续续地有些联系。薛宜志搬到茶园小区住时，俩人惊讶地碰面，原来隔得那么近，这才又开始熟络起来。薛宜志在一家招投标公司上班，杨欣则做了程序员，干起编程的活来，或许是大学兼职做得多，认识的人多，这才在薛宜志手头紧的情况下，帮他找到这份去婚纱摄影公司拍照的兼职。

薛宜志喝完最后一口茶，说我们该走了吧。

杨欣嗯了一声。

出了国贸大楼，杨欣说自己有事，得回趟公司，让薛宜志自己先回去。

回到家，薛宜志躺在床上，他摸出手机，想给智雅打电话，又把手机放下，不知道该说什么。这会儿智雅或许在上班呢。智雅学英语专业，毕业后，刚好考进了匀城一所中学教书。待遇一般，不过对于毕业生已经是不错的了。薛宜志想起了上次去智雅家吃饭的情景，压力就冲上头来，不知道该怎么面对未来。

薛宜志怕听到智雅的声音，准确地说，是怕听到那些翻来覆去问他的问题。不关心不行，关心又畏惧。薛宜志索性丢开手机，甩掉脚上的拖鞋，他想好好儿睡一觉。

3

哥特式风格建筑，闪光灯，忙碌的摄影师。在惠牵婚纱摄影公司，薛宜志在工作人员的指引下，穿梭于一间间内景拍摄点，他还浏览了公司拍摄的各种照片。

就这样吧，工作中有不懂的再来问我。薛宜志被一个女孩领去化妆间，房间里坐着个姑娘，二十五六岁，容颜姣好。化妆师正精心盘弄女孩的头发，娴熟地打着粉底。

先生请坐。

薛宜志坐了下来，化妆师没话找话，说拍内景，问薛宜志喜欢什么风格，可以翻旁边书架上的画册，到时候好同女主角商量。提到女主角的时候，薛宜志禁不住瞥了眼对面的镜子，女主角面无表情。

一切以女主角的要求来吧，薛宜志说。在薛宜志看来，自己没有选择的余地，他现在就是个演员。小时候看武侠片，羡慕那些身怀绝技的大侠，总是能在关键时刻挺身而出，救走危在旦夕的姑娘，抱着姑娘飞行于树梢和屋檐之间，如履平地，如驭清风。

女孩快化好妆时，化妆师吩咐助理，带薛宜志去挑衣服。

薛宜志挑来选去，都没找到合身的，不是旧就是脏。所谓的脏，助理说是粉底，每个拍照的人都会打粉底，粉底沾在衣服上，就不太好洗。想着是拍假婚纱，又不是和智雅拍，有啥挑剔的呢。薛宜志选了一件青黑色的西装，白色衬衫。试衣服的时候，他突然生出愧疚感，要是智雅晓得他在和陌生女人拍照，不知道是什么感觉。他不敢想，也不想去想。很多事情，总是迫不得已的。

换好衣服，薛宜志端视着镜中的自己。他感觉自己还是帅的，二十四岁了，趁还没有发福，人是该多拍拍照的。想想，十八岁的时候，应该是他颜值的巅峰期吧，那时候学校搞辩论、歌舞等比赛，他都踊跃参加，屡屡获奖。用今天的话来说，就是男神级的人物。

没想到混到今天这个地步。进了大学，薛宜志才发现，一切都不是他想的那样。没进大学时，老师鼓励大家好好念书，玩什么早恋，大学里的帅哥美女多了去。进了大学，美女确实多，可都不是自己的。

大学更像半个社会，高中时候认成绩，大学里看家境。家境好的凑一起，不好的凑一起。薛宜志农村出身，搁农村比，家境一般，和城里孩子比，自然就差了些，哪怕成绩再出众，也很难再成为加分的筹码。

换好衣服，薛宜志回到化妆间。女孩已经化完，瞥了眼薛宜志。女孩挺漂亮，打了点粉底，还是难以掩盖她自然白皙的肌肤，以及深邃而又明澈的眸子。女孩先去看内景，化妆师开始给薛宜志化妆。

薛宜志是不想化的。他的皮肤还需要打粉底吗？打了粉底后，他才发现，粉底的作用蛮大。不只是有遮瑕的作用，还有调整脸型，凸显轮廓，以及配合摄影师取光找角度等作用。

化妆师问，第一次来吧，薛宜志说是。化妆师说，现在干这行的人蛮多，不知道怎么的，很多剩女挺优秀，就是找不到伴侣，等到父母身体不好，逼着结婚，这才想着用这种善意的谎言圆父母的梦。

薛宜志纳闷，问这话怎么讲。

化妆师说，刚才在屋里化妆的姑娘，还是单身呢，一家房地产公司的策划总监。工作上风生水起，婚姻大事却被耽搁了。以前没意识到，现在妈妈生病，乳腺癌晚期，医生说最多就个把月的活头，姑娘心痛之余，想着用这样的方式安慰母亲。

听化妆师这么讲，薛宜志不晓得自己做的是对是错。他突然发现，原本比较偏瘦的脸，打上粉底后，倒真显得轮廓比以前匀称圆润许多。额头宽阔高耸，鼻梁直挺，整个面部比平时也英俊些。

薛宜志对于打粉底这件事，生了好感。都说女人爱美，其实男人也爱，只是男人爱得没那么明显。平日里，薛宜志还是比较注重形象的，像他这样在大学里常常参加活动的人，搞辩论比赛、朗诵比赛，早就养成了打理自己的习惯。

从打粉底，再到做造型，前后个把小时，薛宜志以全新的姿态走出化妆间。女孩冲她笑笑，我叫李佳，二十五岁，你的资料我看过了，很高兴认识你。薛宜志礼貌性地和女孩握手，场面有些怪异，两个拍婚纱照的人，倒像是头次见面的生意人。

好了，先生和女士站过来吧，我们先拍这里。在摄影师的指引下，俩人先后换了三四个内景点，拍了几十张亲密照。有薛宜志搂着李佳的，也有李佳亲薛宜志的，反正很多。

拍照之初，薛宜志还有些不好意思，他怕看李佳的眼睛。这样，薛宜志就会想起智雅来。智雅的眼睛也那么清澈分明，只是在智雅身上，少了成熟女性的气息。怎么说呢，李佳的身材或许更曼妙些吧，人也更妩媚些，浑身上下玲珑无暇，透着知性女子的味道。

4

从摄影公司出来，薛宜志穿回原来的衣服，有些寒酸。那是一件天蓝色的夹克，套牛仔裤，棕色皮鞋。很多时候，作为招投标公司的工作人员，他都以这样简单的装扮示人。除了公司开重要会议，或者出席好朋友婚礼，薛宜志都不怎么穿正装的。以前大学时候很爱，后来发现，即使参加无数朗诵比赛，拿很多荣誉证书，都无法掩饰他寒门出身的身份。

走在路上，薛宜志反而觉得，在婚纱店里的感觉更好。他不认识里面的任何人，别人也不认识他。他们互不知根底，可以随意聊天，甚至可以夸夸其谈。他突然觉得，粉底是样好东西，演戏也是一个好职业。和他演对手戏的姑娘是漂亮的，他甚至在想，应该问那位姑娘要电话的，不该就这样草草地离开，忘记问照片何时制作好。

走到中华路2号楼，天空下起了雨。薛宜志环视四周，没有一家店卖雨伞。他真是心大，早上出门就感觉要下雨，却忘记带雨伞。要是智雅在的话，就不会考虑这些事了，智雅总是很体贴地给他备好一切。

薛宜志有点想智雅了，说想是一回事，说愧疚又是一回事。打粉底纵然能给内心带来喜悦，可是和陌生女人拍照，薛宜志心里还是有愧疚感的。更何况，薛宜志现在还喜欢上了这份兼职，还对和他拍照的女子有莫名的好感。

薛宜志跑到楼下躲雨，顺便给智雅打电话，他拨了号码，铃声响了好几下都没人接。或许是忙吧，薛宜志这么安慰自己，感觉好多天都没和智雅通话了。又拨了号码，这回总算有人接。

怎么了？智雅不太高兴。

就是几天没联系了，问下你在干吗呢。

没干吗，和朋友出去玩。电话那头有些嘈杂，像是在KTV。小雅，快点，我们都给你和凯乐点好了，就唱《知心爱人》。有人在旁边喊着，带着一种难以言状的笑。

我先玩了哈，朋友们等着，有啥晚上讲。智雅这么说，薛宜志没好说什么。电话就这样挂了。

挂了电话的薛宜志有些失落，他不知道智雅在和哪些人玩。智雅才去工作没多久，她就和别人唱《知心爱人》？真是可笑。

郁闷之际，一辆白色奥迪停在他面前。走吧。女孩摇下窗户，冲他笑。薛宜志定睛一看，是李佳。换在往日，薛宜志是不怎么搭乘这样的顺风车的，坐一个和自己年纪差不多大的女人的车，多少有些尴尬，主要是自己没有车。

怎么了，看你不开心？

没。

你住哪儿，我送你。

茶园小区。

一路上，薛宜志都没怎么讲话。该讲什么呢，他们只是两个互不相识的演员。薛宜志不想问女孩太多问题，也不想让女孩了解自己太多，他还在寻思着智雅现在和什么人在一起。

三个月前，智雅才考进那家中学任教。为了庆贺，他们请了朋友吃饭。吃完饭，智雅说要搬去匀城了，在匀城等薛宜志。那天，薛宜志送智雅上车，智雅说，都谈那么久了，还是和我去见见父母吧。智雅家境比薛宜志优越些，父亲在县里面的某科局上班，母亲是某小学教师，谈不上多富裕，不过日子过得充实、稳定。

智雅的母亲头回见薛宜志就问东问西。你爸妈做什么的，打算以后在哪里发展呢。我们智雅这么漂亮，前来提亲的人蛮多，有家儿子开了个大公司，不过那地方太远了，重庆，重庆可真远，我可不舍得把智雅嫁去那么远的地方。

和智雅的母亲在一起，薛宜志浑身别扭。智雅母亲问的问题，薛宜志能回答的都照实回答，不能回答的，就采取迂回战术。到了晚上，吃了饭，薛宜志和智雅沿着家门口的清水河散步，智雅说着身边的种种趣事，薛宜志则一言不发。被问到时，就嗯嗯地敷衍。智雅有些不耐烦了，用手敲他脑袋，问他在想什么，是不是哪个姑娘给他灌了迷魂汤，魂不守舍的样子。

回来时，薛宜志和智雅进入院子。智雅母亲说话声音大，不同意，反正我是不同意，我们家宝贝怎么可能嫁给他，要娶也行，除非在匀城或者省城买套房子……

话是薛宜志和智雅同时听到的。薛宜志没有再进门的意思，站在那里，尴尬不已。智雅的性子急，直冲冲推了门，朝着厨房里正在洗碗的母亲嚷着，你烦不烦，你烦不烦，碎碎叨叨地念什么呢……

我怎么了？我可是为你好。

为我好？你什么事情不是为我好，我当初说不在省内读大学，你偏要让我在省城，说什么留在你身边，以后毕业了有熟人好找工作。结果怎样？你给我找了？我以为你什么都能行，什么都在你的掌控之中呢，结果连个教师也是我自己去考的。

你行。陈家文，你看看你姑娘，这是你教的吧，咋跟你一个德行。

你别什么都扯到我爸身上。

薛宜志很尴尬，吵闹声像潮水般往他耳朵里灌。原本坐在屋里看电视的智雅爸爸看到了站在门口的薛宜志，才瞥了眼智雅母亲，示意她该住嘴了。

那天过后，薛宜志带着某种难以言说的心情回了省城。智雅送他上车时，叮嘱他不要多想，要好好上班，好好吃饭。还举起薛宜志的手，叫他发誓，无论如何也不能退缩半步，他们的爱情，岂能败给母亲的这种小市民资产阶级主义思想。

薛宜志笑了。智雅说，这就对了，好了，我要回去了，到了省城给我打电话。薛宜志后来常常给智雅打电话，起初，两人会聊很多话题，后来能聊的越来越少，再后来，就不怎么打电话了。

5

拐过前面的弯就到了，谢谢你。薛宜志指了指方向，茶园小区在一座半山上。

李佳朝着小区大门开去，车停在了门口。薛宜志礼貌性地问李佳要不要进屋坐坐，李佳环视了下，说不了，这是我名片，要是摄影公司还有什么事，我们也好联系。

接过名片，薛宜志下了车。李佳向他道别，车子扬长而去。薛宜志看着手中的名片，阳城恒达房地产有限公司策划总监，看不出来，年纪不大的李佳还这么能干，已经是个女强人了。

薛宜志回到屋里，他想打电话给陈智雅，电话拨了，响了很长时间也没人接，最后自动挂断。薛宜志无聊，逛起朋友圈和 QQ 空间，他不自觉地点到智雅的头像，再点，竟然进不了了。真是奇怪，连他也进不了。薛宜志想再给智雅打电话，他有点气愤，也有些忐忑，他不知道智雅为何屏蔽自己。隐约中，薛宜志有种不好的预感，他再次拨了电话，铃声一直在响，薛宜志的心一直在跳，他不知道智雅接电话后该说什么，也不知道智雅不接电话该怎么办。智雅没有接，电话再次挂断。薛宜志气愤了，他继续打，还是没接，继续打，还是没接，不停地打，终于接了。

你去哪儿了?

没去哪里，刚才没注意。

我打你电话也不接。

都说没注意了。

好吧。

有啥事，没事我挂了。

我们……我们就不能好好儿聊聊吗，我们已经很久没聊过了。

有什么好聊的。

你……

算了，我就直说吧，宜志，我们不合适，只是我迟迟没给你讲，怕你难过。

我们哪里不合适。

哪里都不合适。

嗨，智雅，走了，快点。薛宜志的耳朵很好，他听到了电话另一头有人找智雅，他们应该是出去玩。

好了，我有事，先这样。

你有什么事?

我有事就是有事。

你把前面的话说清楚，什么叫我们不合适，你想分是吧?

你这样理解也可以。

什么叫也可以。

就这样了，别烦我了。

电话挂了……

薛宜志把手机砸在床上，他仰着头看着天花板。真可笑，他为了什么，和陌生女人拍照，白天辛苦工作，这些都为了什么。薛宜志突然觉得自己很悲哀，他把自己想得太伟大，太无私，事实上他弱小无比。眼前的天花板令他晕眩，他的脑海里闪现过很多和陈智雅相处的画面，当然，也闪现了李佳的姣好容颜。薛宜志才意识到，这个李佳蛮漂亮的，鹅蛋脸，柳叶眉，他搂着李佳拍照的时候，感觉李佳的腰还很软很细。

薛宜志摸出了那张名片，名片上只有姓名、职务、联系电话，没有李佳的照片。薛宜志努力搜寻记忆，头脑中李佳的样子还是很模糊。怀着难以言喻的心情，薛宜志在微信上输入了李佳的手机号，竟然能找到微信号。要不要加，加了说什么，薛宜志思忖着，就算没什么事也该加的吧，至少现在是合作关系。

轻轻地点了下，薛宜志发送了添加信息。他开始等待，时间是漫长的。在等待的过程中，薛宜志的内心是复杂的，他害怕拒绝，又害怕李佳同意了不知道该聊什么。时间在一分一秒地流走，到了八点过，李佳同意了。

薛宜志感到惊喜，他忍不住点进了李佳的朋友圈，可是什么也看不到，李佳设置了权限。该怎么打招呼呢，薛宜志发了个笑脸，在他看来，和不太熟的人打招呼，笑脸是最贴切的。

李佳回复了，前面在吃饭，你吃了吗？

该怎么说呢？说没吃么，如果说没吃，是不是就能有机会约出来聊聊？不过现在来看，这样有些过早。薛宜志回复，吃了，在思考人生呢。

思考什么人生。

两个陌生人拍婚纱的人生。

李佳回复的是一个疑问的表情。

没什么，就是尴尬。看你名片，那么优秀，怎么会找我这样一个陌生人拍婚纱呢？

李佳那边迟迟不见回复，良久，才说，说来话长。李佳问薛宜志，要不要出来逛逛，带他看样东西。

薛宜志不知道李佳会带自己看什么，怀着复杂的心情，薛宜志出了门。他似乎已经把陈智雅提分手的事情抛之脑后，现在，他正和李佳站在明成河边。李佳穿着一身长裙，淡黄色，长发在晚风里拂动，显得更加流动飘逸。

看什么呢？

跟我走呗。

沿着河边，薛宜志和李佳就这样走着。河边茂林修竹，时不时地路过些小楼别院，楼上有人对饮，传来阵阵喧嚣。真好！薛宜志不禁感叹道。那些中国风式的院子，让他联想起古诗词里的闲适意境。走过一片竹林时，眼前的场景令俩人有些尴尬，一只狗正扑在另一条狗身上做着重复性的动作。薛宜志赶也不是，不赶也不是。狗见了人，受了惊扰，意欲离开，却缠绵难开。薛宜志怕狗反口伤人，就做了个捡竹条状，狗嘤嘤离去。

转过身，薛宜志看到李佳的脸别过去，装作没看到这一幕。对面灯火辉煌，淡黄色的灯光映衬在李佳脸上。李佳扎着马尾，看起来更加黑亮顺直，容貌也更加清秀隽永。

要带我去的地方就是这儿吗？

不是，不过不太想走了，你会介意吗？李佳拍了拍手臂，这里有蚊子。

介意什么，蚊子多，我们就回去吧。

这世上有种地方，你一定没去过，你真不想去？

想，可是蚊子多，你看，你都被叮了。

好吧，那我下次带你去。

李佳转身往回路折。回路漫长，俩人以前没什么交集，薛宜志又慢热，不善言谈，一时找不到什么话说，还是李佳打破了这种尴尬的局面。

你怎么会想到做这个。

做哪个？

和陌生女人拍照啊。

生活所迫。

我是第一个吗？

是啊，也是现实生活里面的第一个。

真的？那可真让你难为情了。

没有。

薛宜志笑了。李佳也笑。

你好奇我为什么会和你拍照？李佳问。

是啊。

李佳道出了原因，要是没有听李佳的那席话，薛宜志就不会动容，不会学着思量他和陈智雅的爱情。从河边回来，薛宜志送李佳到小区门口。李佳回眸给他做了个拜拜，以后有事找我，能帮的我都会帮。

薛宜志也做着同样的手势，脸上挂着笑，晚安。

6

躺在床上的薛宜志睡不着，他拿着手机，尝试着进入李佳的朋友圈，无法进入。他的脑海里开始不断浮现这个女人的身影。李佳回眸时的笑，李佳单薄的身姿，李佳飘逸的长发，无时无刻不在他脑海里闪现。他开始心乱，为了驱赶这些画面，他点开了那个很久都未点开的网站，开始搜索日本和韩国的各类电影。

那些电影充斥着各种混乱的画面和音响，薛宜志按着快进看完后，忍不住躺在床上打了一次飞机。脑海里浮现李佳站在大海边的情景，她双手遮眼，长发飘飘，海风扑来，有腥味，有海水扑向堤岸飞上陆地的声音……

睡没？想进进你朋友圈。发这条信息时，薛宜志已经有些困意了，他在句子的末端加了个“拥抱”的表情。

还没，有啥好进的。

薛宜志回复一个撇嘴的表情，就是想看看你以前的样子。

和现在一样。

你怎么还不睡，你儿子睡着了？

睡了。

突然很想你！薛宜志打完这句话，又在句末加了个拥抱，他迟疑着要不要发过去，食指最终还是轻轻点了下。点完屏幕后，薛宜志有些忐忑，又有些窃喜，忐忑李佳会怎么回，窃喜自己竟然发了这样一句挑逗性的话。

想我什么。李佳的回复很淡定。

就是想你呗，听了你说的那些遭遇，再加上白天的相处，觉得你很特别。薛宜志知道，他不能说喜欢李佳，说实话，也还谈不上喜欢，顶多是好感。即使是好感，他也不能说得太直白。

怎么个特别法。

我也说不清，哎，我睡不着了，怎么办？

数山羊吧。

数山羊也没用，想找你玩。

玩什么？这么晚了。

玩什么都行。

算了吧，太晚了，明天吧，明天我约你。

薛宜志其实也有了些困意，他想了想，好吧，明天。

这是个平静的夜，薛宜志在打完飞机后沉沉睡去，梦里面，他飞向了一座山崖。这座山崖有些高，他感觉自己的脚很有力……

早上，薛宜志在楼下车流的嘟嘟嘟声中醒来，他得起来上班了。今天不用去摄影公司，他直接到了原公司。领导召开工作例会，丢给薛宜志一项新任务。公司在盘城有个新项目，这个项目的标书正是薛宜志做的，他对项目建设有一定的了解，领导想派他去做驻站经理，全程做好施工工作。

换在以前，薛宜志会考虑考虑的，这一次，他静默了，没有表态。当全部人拍手鼓掌时，他颔首笑了笑，并感谢领导的栽培。盘城离匀城较远，准确地说，是两个方向。以前，薛宜志还会顾虑着和陈智雅的爱情，现在，他似乎并不在乎这些了……

开会的时候，薛宜志给李佳发信息，说一些工作和生活上的琐事。

他在幻想，在等待，在等待下班结束后，能和李佳见上一面，能约李佳出去玩玩。

这样的一天，注定是魂不守舍，浑浑噩噩的。下午下班，薛宜志给李佳打电话，李佳说，儿子已经安排好了，他自己能回家吃饭，我们去哪儿吃点东西呢？薛宜志说朝阳路的那家羊蹄不错，吃过吗？李佳说没有，薛宜志说，可以试试。

之所以选羊蹄，薛宜志的目的是明了的，男人都知道羊肉和狗肉的功效。吃饭时，薛宜志的心思并不在吃饭上。他知道，什么事情都得循序渐进，他很自如地给李佳盛饭，舀汤，这顿饭吃完，窗外的天空已经拉开夜幕。行人匆忙，这座繁杂的城市里，它让人迷茫，也让人心安，薛宜志喜欢走在街上的感觉，没有人知道他是谁，也没有人知道李佳是他的谁。李佳时不时地回头冲他笑。李佳看路边的小吃、蛋糕屋、衣服。在薛宜志看来，李佳不像个结了婚的女人，也不像个有故事的女人，她的一颦一笑，都如同少女般美好。

走完一条街，李佳说累了。

薛宜志也觉得累了。

这里人不多，一条巷子口。

薛宜志说，要不要找个地方休息。

李佳说，哪里。

这次你得听我的，薛宜志说这话的时候，一把揽住李佳的腰。李佳没有拒绝，她的腰不由自主地贴向薛宜志。这个动作在婚纱摄影公司也做过，那时候还比较生硬，现在却很娴熟了。

薛宜志牵着李佳的手，他们走回大马路上，走进了三岔路口的那家酒店。

推开酒店的门，薛宜志不知道哪里来的胆量，他铺天盖地地吻着李佳。李佳被他扔在了床上，吻到一半时，李佳说薛宜志弄疼了自己。李佳起身，理了理头发，薛宜志跪在床上，他伸出手，捧着李佳的脸。

你真美。

你是不是对很多女孩子都这么说?

没有。

不信，看你规矩，其实也不是好人。

怎么个不是好人了？

不知道。

呵呵，不知道，那一会儿让你知道，你先去浴室还是我先，女士优先吧。

李佳进了浴室。薛宜志躺在床上，他的眼睛瞥向窗外。酒店的窗帘还没拉，他又站起身，去把窗帘拉了。薛宜志还是有些害怕的，认识李佳不到两天，他们竟然滚到了一张床上，他想起了新闻上的那些诈骗犯惯用的伎俩。

浴室传来淋水的哗哗声。

趁着李佳还在洗澡，薛宜志悄悄拉开了她的包包，他想看看她到底是个怎样的人。李佳的包里都是些常规化妆品，粉底、香水、梳子、小镜子，当然，也有钱包。薛宜志还端视了下她的身份证，照片上的人显得青涩些，但也难以掩住美好的容颜。

薛宜志把包包拉好，放回原处。他打开门出去。薛宜志需要透透气，准确地说，是给自己一个理由，一个做出这件事能站得住脚的理由。他拨了陈智雅的电话，没人接。好的，不接是吧，薛宜志想，凡事不过三，如果再打两次，还不接，那就怨不得我了。

薛宜志又打了两次，依然未接。

7

薛宜志回到房间，此时的李佳正从浴室出来，她拿着浴巾在擦头发。李佳转身想说什么，薛宜志一把搂住她，把她抱到了床上。你还没洗呢。还洗什么，不洗了。李佳还想说什么，唇已经被堵得死死的。

薛宜志说，他会不会知道。

李佳说，不……不会知道。

薛宜志说，那你这么多年都怎么过来的。

李佳说，就……就这样……这样过来。

薛宜志说，我想你。

李佳说，我，我也想你。

薛宜志更快了。

躺下后的薛宜志，眼神空洞，他望着天花板。屋子里的灯已经关了，外面隐约有城市的喧嚣声传来。李佳侧着身搂他，薛宜志拉过她的手。李佳摩挲着他的脸，他的脸上有密密匝匝的胡楂。

看不出来。

什么看不出来？

看不出来你还能那么久。

呵呵。

真的，我老公没有那么久。

你想他了？

有点。

为什么？

他虽然打我，和我分居住，但是他还算个好男人，他没有做过对不起我的事。

那我呢，算不算个坏男人？

不知道。

不知道？

是的，真不知道。

对啊，我们才认识呢，你怎么会知道我不是好男人。

你都这样了，还算好男人？我也应该是个坏女人。

怎么这么说自己？

我儿子要是知道他妈妈这样，肯定会伤心的。

薛宜志把李佳的头揽进怀里，他摩挲她的秀发，她的秀发很美，很长。

给你说件事。

什么？

我突然有点想我老公了。

薛宜志没有说话，他也有点想陈智雅了。他想起毕业的时候，和陈智雅在校园的花池边散步，陈智雅走在池子边。说，这么窄，你猜我能走多远。薛宜志说，我怎么知道。陈智雅一边走一边说话，要掉下来的时候，就伸手扒着薛宜志的肩。陈智雅说，你的肩膀要借我一辈子，以后我掉下来了，你都得护着我。那是一定的。

肩膀现在没有给陈智雅，给了李佳。

李佳的脸埋着，薛宜志伸手去抚摸李佳的脸。眼睛下方湿湿的。

你哭了？

没有。

那你有眼泪。

这是流泪，不是哭，哭和流泪不一样。

天很黑，薛宜志似乎困了，他开始睡了。

李佳问他，你说我们明天还会见面吗？

不知道。

可能不会吧。

我妈妈要去世了，她一直担心我还没有个归宿，谢谢你和我拍的照片。

也谢谢你。

谢我什么？

谢你那么温柔。

你就要睡着了吗？

是啊，有些困。

你还没问我，昨天打算带你去看什么的。

看什么呢？

现在告诉你，不知道晚不晚，我想告诉你，去看的地方在那里。那里，你看到了吗？

看到了。

李佳伸手指向城市的某个方向，薛宜志却侧着头和她说话。李佳不知道，薛宜志到底睡着了没有，他难道是在和她对梦话吗？

天亮的时候，李佳让薛宜志先走，说自己想再躺会。薛宜志没有洗漱就离开了。走出酒店，风有些大，昨夜下了雨，路边的栀子花败了一地。薛宜志摸出手机，陈智雅打来的两个未接。

薛宜志回拨了过去，怎么了？

没怎么，就是想告诉你，昨晚上在洗衣服，你打来的时候刚好没接到。我想好了，你来匀城吧，我妈提的那些要求对你来说有些苛刻。薛宜志没有说话，苛刻吗？他在想，或许并不苛刻，如果他有个女儿，他也希望女儿能嫁得好点。

他对智雅突然性的转变感到诧异，他不知道什么事情令她三百六十度大转弯。

怎么了？你前几天不是还对我吼，不想理我吗？

那段时间鬼迷心窍吧，我想好了，我们和好吧。

薛宜志的脑海里，浮现起了李佳昨晚和他说的那些话，李佳说想自己的老公了。呵呵，薛宜志在心里笑道。他没有回智雅的话，他静静地，静静地挂掉了电话。

在公司收拾好东西，薛宜志决定离开了，离开之前，他需要请个人吃饭——杨欣。

杨欣在那一头嚷道，你到底约我在哪里吃饭啊。

城北的吴妈猪肉馆啊。

去那儿吃啊！那么远。

不远，我们大学第一次聚餐就在那里啊，你忘了？

没忘。

嗯，那来吧。吃完饭，我带你去个地方。

哪里。

你来了再说——

暖雪

王石磊是有些不高兴继红的。继红从屋里出来，穿一件碎花T恤。手里拿着从集市上买的甘蔗，依在门槛上啃。继红咂巴完汁水，吐一口蔗渣在地上。王石磊，有本事出了这个院子，你就别回来。王石磊拍拍屁股，起灰，反看继红一眼，嘀咕着，不来就不来。王石磊趔趔趄趄地出了院门。继红在后面斜瞪一眼，砰地把门关了。

王石磊回到村里，村人待他的眼光和以往不一样了。王石磊埋怨，情分没了，也不至于把这种事情说出来。埋怨归埋怨，他也只能哑巴吃黄连，该编竹篓的时候编竹篓，该种地的时候种地。中午太阳大，蝉声聒噪，知了知了地叫得王石磊不耐烦。王石磊走出树荫，决定去河边的小卖部买支冰棍吃。卖冰棍的阿婆瞅着王石磊，像是有什么话要说。王石磊接过冰棍，站在小卖部的窗前，伸着舌头舔巴着。屋里要凉快些，阿婆也不叫王石磊进屋。王石磊呆呆地看着眼前的河，河水缓缓流着，波光潋滟。

阿婆说，小磊，继红说的事是真的吗？

王石磊知道阿婆是故意这么问的，心里不高兴，啥真不真的？

就是他们传的事啊。

他们那是在放屁！

阿婆六十岁了，还没见哪个年轻崽子在她面前这样说话的。王石磊这么说，阿婆灰着脸没问下去。对阿婆而言，事情是真是假和自己关不着也碍不着，王石磊又不是自己的一亲半孙。

原本站着的阿婆兀自坐了下来。

王石磊吃完冰棍，回到河边的大榕树下。竹篓摆了八九个，硬是没一个人过问。路人从他身边过，叽里咕噜的。王石磊没理，他不相信，在花阳村还有谁的竹篓比他编得更好，这些人现在不买，以后也会买的。

赵三爷走到王石磊的摊子边来，提着个竹篓翻来覆去地看。真好，好手艺。王石磊没有理会赵三爷，赵三爷年纪不大，四十出头，是村主任，村主任都不干农活的，根本用不着买王石磊的竹篓。

赵三爷说，小磊，继红说的事，当真？

继红说啥事了？阳光炙热，王石磊眯着眼。

没啥，就是问问，小小年纪不学好啊。赵三爷没再继续站，吹着口哨朝村委办公室方向走了。

整个下午，王石磊没编完一只新竹篓，手倒被篾刀给划伤了。一道口子，血涔涔流出。这要是在往日，王石磊是不会在意的，不就一道口子嘛，王石磊受的罪多，小时候死了爹又死妈，是祖父一手把他带大的。长到十七岁，他都还没穿过一条像样的裤子呢。十八岁那年，县里的人迷上吃野猪肉，肉价炒到家猪几倍高。王石磊坐不住了，不知道从哪儿找来一把火枪，扛着枪进了山林，在山上待了三天。三天后，王石磊是拄着拐杖回来的。祖父又气又痛，王石磊没玩火枪的经验，火药灌进烟筒后，开了第一枪，后坐力太大，打偏了。还没等灌第二管火药，野猪就朝他冲了过来，幸好王石磊命大，被拱后连滚带爬跳进水塘里，这才捡了条命。那次受伤在家躺了足足半个月，一点西药没吃，全靠祖父在山后采些草药敷。

中午要不是继红骂自己的那席话，王石磊也不会担忧。他想着，何不借伤口去医院看看呢，把那事也问问。在医院，护士正慢吞吞地帮一个少妇看孩子，小孩哇哇地哭。护士摸摸孩子的头，说感冒了，拿温度计给孩子量，孩子的母亲接过温度计，塞进孩子胳肢窝里。王石磊心焦，早上继红说，她的远方亲戚要是早些发现，就不会落下那不断的病根。近些日子，王石磊总是感觉身体有问题，问题出在哪儿，他没给继红承认，但他自己是知道的。他本来不太相信继红的推断，但是继红推断得又似乎合情合理。

护士给孩子打完针，转过身来，让王石磊把手摊开了给她看。护士说，没大碍，让他去药房拿两只创可贴，顺便用双氧水洗下伤口，免得感染成破伤风。在落水湾的卫生室里，护士和医生是交叉任职的，王石磊从药房拿了药回来，护士给他洗，洗的时候王石磊禁不住看护士，他觉得护士的手很白，动作很温柔。除了在继红那里，还真没那个哪孩子这样细心地待过自己。

护士有些不好意思，擦完药后，利落地把棉签丢进垃圾桶里。可以了，护士说。医生，我这个……不需要验下血吗？王石磊是怕自己的血液感染了，话又不敢说得直白，他现在担心自己真如继红所猜测的那样。

护士笑了笑，测不了，你一个大老爷们儿手划道口子还要验血？就算要验，那也得去县医院，我们这儿连人手都配不齐，更别说设备了。

从卫生室出来，王石磊的心里在打鼓，要是继红说的是真的，那自己岂不是完蛋了。王石磊想找个人问问，可是这种事情和谁都说不出口，在村里，王石磊又没什么交心的朋友。这么多年，祖父去世后，还只是继红对他好，王石磊想去找继红了，他打算去县城看看，下体隐隐作痛已经数日了。

继红没住在村里，她住在离村子约莫一里多山路的河边，从落水湾走水路要不了十分钟。王石磊坐的是木船，他跳上岸时，继红家的门是掩着的。王石磊想敲门，又怕被继红骂。继红家门口有株大柳树，王石磊就爬到树上，继红院子里一览无余。下午阳光和煦，温暖地洒在农家小院里，继红在纳鞋底，王石磊笑了笑，继红这人也会纳鞋底，她纳给谁呢？要不是继红死过男人，要不是继红比王石磊大，王石磊早就和继红堂堂正正在一起了。两年多了，王石磊和继红的那档子事，在落水湾巴掌大的地方早就传开了。穷是现实的，讨个婆娘要三金四礼，不是买这就是买那，王石磊给不出，也没人愿意嫁，只有继红不嫌弃他。

继红眼睛累了，纳鞋底这种活考眼力，又是在太阳底下，继红想缓缓眼睛，瞥过来的一刻，刚好瞅见站在柳树上的王石磊。王石磊没有被吓着，倒是很自觉地跳了下来。他的手还没敲到门，继红就开了门。继红心里有怨气，我还以为你有多大本事呢！王石磊笑笑，这不是夫妻床头打架床尾和嘛。谁和你是夫妻，别张着你那张臭嘴乱讲。王石磊涎皮赖脸，侧了侧身，钻进院子里。继红没有真心挡他，要是真挡，哪会有他溜进去的空子。

说吧，不是不回来了吗？还回来干啥？

我这不是有事和你商量嘛。

啥事。

我想去县医院看看。

看看？继红抬头盯着王石磊，似乎难以相信。别丢人现眼了，人家医生看到你这脏病还不知道躲哪儿呢！

听继红这么讲，王石磊心里凉了大半。俩人就这么站着，继红也没喊他坐，挺尴尬。王石磊自个儿先坐了下来。我就是心里梗得慌，要是真像你讲的那样，那我这辈子岂不是讨不上婆娘咯，讨不上婆娘不要紧，怕是睡个女人都睡不了了，不睡女人也不要紧，要是活不久岂不是更惨。王石磊虽然嘴上这么说，但心里是真的难过。继红也能体会到他的痛楚。继红坐了下来，你别一副要死不活的样，我那不也只是猜测嘛，猜测的事哪能说得准。你再给我老实讲讲，你到底去没去？王石磊觉得既然是来商量的，还是坦白些好。去了，也戴了套。既然戴了，那咋会出这事？我不知道。王石磊的心里在打鼓，套不是自己买的，是对方给他的，他也不知道那套是不是伪劣的。我中午问了个远房亲戚的女儿，人家念大学，学的是医，她说这种事情不排除感染的可能，最好还是去检查下。我就是担心，所以来和你商量。这是你自个儿的事，去不去还不是你自己决定，有啥好商量的。我这不是……没钱嘛。王石磊瞥了瞥继红，想看看继红的态度。你缺钱？继红一脸认真地看着他。你知道的，我钱都……别说了，还没等王石磊说完，继红就挡住了，多少才够？起码也得一两万吧，我估计有点严重，你昨晚上摸到的。王石磊这么说，继红的脸有些红了，继红昨晚上确实摸到了，有点肿。好吧，不过我屋里没那么多钱，我一会儿去村里看看，上次赵三爷家买我的牛还差五千呢，晚上我总了整数，你来取。

得了这话，王石磊心里的石头算是落下了。回去的时候，王石磊没坐船，他想走走。从继红家到王石磊家，走旱路需要半个小时。不知怎的，王石磊一上坡就感觉腰疼，这种疼是患处牵扯着的疼。王石磊的心里苦闷，他是个孤儿，祖父带大的，还没等赚钱孝敬他老人家，老人家就先离开了人世，他从小家贫，村里人没正眼瞧过他。要不是和继红好，说实话，他怕是连做男人是啥滋味都不知道。他又想起继红的话了，要是感染的话，开始会感觉身体乏力，发热，然后呢，就会不断地感冒。感冒的症状王石磊现在还没有，乏力倒真有点，昨晚上和继红才来了一回，就感觉困得不行，今天走路周身冒着虚汗。

回到村头，王石磊把摊子上的几个背篓收了，又喂了圈里的猪。想着，要是明天去医院医不好咋整，到时候怕是又要麻烦继红帮忙回来喂猪呢！晚上是很简单的两个菜，本来想打电话给继红的，又怕以为是催钱，索性吃完等继红联系他。夜幕拉开的时候，继红还没有给他电话，王石磊心急，躺在床上心不在焉地看着电视。继红是在电视上演最精彩情节的时候发来的短信，就一句话：你来拿钱吧。王石磊换了件衬衣，把门锁好，打着手电筒出了门。

继红躺在沙发上看电影，上世纪 90 年代的香港爱情片，看得继红咯咯地笑。王石磊径直走进院子，他要是不和继红吵架，平日里也是这样进出，继红有把钥匙，王石磊也有一把。继红穿着白色纺纱 T 恤，天热，屋里吹着电风扇。王石磊说，谢谢你哈。继红转过身来看他，有啥好谢的，继红看他的眼神比中午要好一些，似乎发现他穿的这身衬衣比较贴身。坐呀，继红指着旁边的位置，王石磊在她旁边坐下。电视里播的是黑社会的故事，一个男人正在赌钱，挥金如土，哈哈大笑，将赢的钱塞进作陪女的乳沟里。王石磊不自觉地瞥了眼继红，继红的衣衫有些薄，在风的吹动下有些地方若隐若现的。继红拿着遥控器，摁了快进，电影一下子换到另一幕，不过这一幕有些尴尬，一个男的正和女的行乐，声情并茂，继红索性关了电视。

一万五，我问赵三爷要那五千，他说牛是买了，但那牛他还没卖，所以暂时没钱。

一万五也行，总比没有的好。

那你是现在拿，还是？

王石磊出门时就没打算回去，继红这么问，他是想说明天早上再拿，但是想起昨晚上的事他又觉得羞耻。现在吧，王石磊说。

继红起身，进了里屋。出来不知道怎的，一下子绊到电风扇的线，电风扇摔在地上，砰的一声，继红自己也差点摔跤，幸好王石磊机灵，一下子把她搂进怀里。继红站稳了，王石磊去看电风扇，电风扇不扇风了。我帮你修吧。坏就坏了吧，有啥好修的。那我先走了，王石磊接过钱，要出门。继红脸上有些不悦，得了钱你就想跑？继红歪着脸问道。王石磊别过头，支支吾吾地想说啥，又不知道该怎么说。你别回去了，都那么晚了，再说了你那里不方便，走路应该也疼，明早上直接去医院算了。

王石磊的心里是暖的，这种暖让他想把继红搂在怀里。

王石磊和继红躺在席子上，王石磊没有脱裤子，在没有断定得的是什么病之前，他想和继红保持些距离。王石磊看着天花板没有睡意，他问继红，结婚时有没有想过男人会死。继红说，结婚的时候可热闹了，嫁过来全凭媒人一张嘴，那时候不懂事，单纯，要是涉世深一点，根本不会着媒人的道，嫁到这么个鸟都不拉屎的地方。继红嫁来的时候很是风光，三村四邻的人都来看，说是个外省媳妇，人们都还没见过外省媳妇呢！继红有一张白皙的脸，红润的唇，高高挺挺的鼻子，人长得漂亮，笑起来还有酒窝。继红笑，凑在窗边门跟的人们也跟着笑。可是继红的命不好，爹娘在她十五岁那年就出车祸死了，男人和她过了半年，去山上挖煤也被瓦斯爆炸炸死了。有人就总结，说是继红的命硬，亲人都给她克死了。

王石磊问，那你咋会和我好上的。继红说，因为你和我一样啊，亲人都死了，我们俩命都硬。继红说着，咯咯地笑。继红笑的时候，王石磊没笑。王石磊看着继红，他觉得继红很漂亮。继红的眸子在深夜里看起来清澈明晰，要不是继红结过婚，谁都不会想到继红有二十九岁了呢，无论是相貌还是身材，都像个二十一二的姑娘。王石磊深手去摸继红的脸，脸滑滑的，像丝绸般，王石磊又去摸继红的手，手也很纤细，滑腻腻的，王石磊把她的手塞到自己的患处，继红一下子缩了回去。怎么了？不想碰。你还在怕？嗯，继红点了点头。王石磊自己伸手摸了摸，确实有点肿。王石磊的心里不舒服起来，他不知道自己得了什么病，他的心里在后悔，埋怨自己为什么会去那种地方，要是不去，也不会发生这样的事了。继红感觉到王石磊情绪上有了变化，身子侧了侧，离他近了些，她把那双纤细的手搭在王石磊的脖颈上，早点睡吧，明天我陪你去。

在县城医院，从挂号到看病要排好长一串队。医生让王石磊在外面等等，只叫了继红一个人进去，医生问继红是王石磊什么人，继红走到医生跟前，嗫嚅着双唇，想说什么却又改成了姐。医生一本正经地问，多久了？继红说，两三天吧，但这种事情你知道的，具体多久他自己更清楚。医生说，是的，这个我能理解。现在B超做出来了，但是具体里面是什么，我单独靠这张片还不敢断定。这个……继红有些不明白了。这样吧，我说得更直白一点，也有可能是我们今天机子出问题，我建议你们改天再来一次。继红支吾着，那我们的片呢，可以给我看看吗？这个我只能抱歉了，我现在无法断定他的病情，也不方便给你B超片和报告，按理说是应该要给的，如果不介意的话你们明天再来查一次。医生这么说了，继红也没办法。你先回去吧，我后面还有病人呢。

继红出来，脸上沉沉的。王石磊问她，她半晌不说话。出了门诊大楼，继红说，要不我们先去找间旅社住下吧，明天看看别的医院。王石磊追问，医生到底咋说的。继红也不知道该怎么给王石磊讲，见王石磊一脸急切，继红把医生原话给他说了，王石磊一肚子火冒，猜想着，应该是很严重了……继红又拍他的后背，别多想了，医生不是说了嘛，连他自己现在也断定不了是啥。

晚上吃完饭，继红先进浴室洗澡，水哗哗地淌着。王石磊的心里很不悦，他在揣测医生说的话，什么叫不敢断定里面是什么？王石磊不自觉地又摸了摸那个部位，他反反复复地掂弄着，似乎感觉到里面有种硬块，这种硬块的形状连他自己也说不上来是怎样的。王石磊想，按照继红之前的推测，如果是性病的话肯定会痒，可是自己没有。今天拍片出来，医生为何连片都不肯给他看呢？还是单独找继红进办公室讲的情况，最主要的，是讲得不明不白的，这让他的心里梗得慌。

想着想着，床边的手机嘟的一声响了。是继红的。王石磊瞥了一眼，赵三爷发的短信，内容是：你想好了没有？

王石磊好奇，赵三爷让继红想什么呢？他忍不住想点开短信看，又怕继红知道了不好，看了要是删除的话更不好。正犹豫着，浴室里的水停了，王石磊没去摁手机。继红从浴室里走出来，用浴巾擦着湿答答的头发，她让王石磊也去洗洗。王石磊是想洗洗的，他现在觉得自己很脏。

沐浴露在王石磊的搓洗下遍布全身，滑溜溜的，王石磊从来没有这样慢吞吞地洗过澡。浴室里有镜子，王石磊一边洗，一边端详着自己的身体。长这么大，他从来没有这样仔细地观察过自己。一种莫名的忧伤从他的心里冉冉升起，他觉得自己很可悲，算起来，他做那事才一次，怎么一次就着道了呢？那天进城是陪杨老幺看拖拉机的，看完拖拉机杨老幺没说买，先是带他去网吧上网。杨老幺会打游戏，还会开QQ找陌生女孩聊天，这些王石磊都不会。王石磊没读过多少书，只能搬一张板凳在旁边干坐着。天黑的时候，杨老幺带王石磊吃了两个炒菜，说是带他去个地方。王石磊不知道去哪里，问杨老幺，杨老幺只是抿嘴笑笑。俩人顺着金龙路走，一直走到石板街，石板街的后面有处叫“云天水汇”的地方，杨老幺说，那里面能洗澡，还能做你想做的。杨老幺的嘴角微微上提，有了弧度，王石磊隐约觉得不是什么好事。杨老幺说，不过那太贵了，我带你去个便宜点的地方吧。王石磊跟着杨老幺东串西拐，要不是杨老幺劝他，人活着不就为了个痛快嘛，要不是王石磊想起从小到大的潦倒日子，要不是他内心里那种自暴自弃的思想作祟，他也不会在杨老幺的撺掇下把事情做在了一个看起来只有十七八岁的小姑娘身上。王石磊很后悔，妈的，那姑娘看起来白白净净的，那么年轻，她怎么就……王石磊拿起毛巾不断搓洗，他还在心里祈祷，求老天保佑，保佑自己不会有大碍，希望一切只是虚惊一场，如果他平安无事，他以后一定好好做人，再也不和杨老幺来往，再也不去不该去的地方。王石磊摸着患处，在热水的冲洗下，他隐隐感觉患处更加红肿了，他用手摁了摁，还有点疼。王石磊回想起今天和继红吃饭的时候，自己吃了四碗，按照继红的说法，患了那种病以后食欲会下降。王石磊在做排除法，他觉得不该是那种病，如果不是那种病，是更严重的又该怎么办？他还在为中午医生不告知B超结果的事情耿耿于怀，他暗自神伤着，浴室里的水被他调小了，不知道为什么，他没有住过几次旅社，以前他很讨厌住这种地方，万人睡过的床，万人用过的毛巾，不干净。现在他反而没有了这种洁癖，坦然了许多，甚至有那么一小会儿，他不断用毛巾搓洗自己的患处，他在心里想，要是身上的病菌能洗下去，会不会洗到这张毛巾上呢，下一个住店的人用了毛巾会不会被传染呢？

好了没？继红在外面问，说王石磊洗个澡怎么回事，比个婆娘还慢。

王石磊说快了。他把水关了，擦拭完身体出了浴室。继红躺在床上玩手机，脸色看起来不太好。王石磊想到赵三爷，故意问，怎么了？继红说，没什么，快睡你的觉，明天还要早起挂号。

王石磊拉了被子，他想抱继红来着，自己又只穿着一条裤衩，他怕身上的病毒传染给继红。夜已经很深了，他们关了灯。继红的手机又嘟地响了，王石磊以为继红会看。继红没看，径自摁熄了屏幕。继红很快就睡着了，她的鼻息均匀，王石磊伸手触了触，脸冰冰凉凉的，犹如凝脂般滑润。都说女人的美全靠男人滋润，王石磊心想，继红这么美是不是自己给滋润的呢，王石磊还想，要是明天检查出来没有那种病多好，要是检查出来健康的话，他真想向继红求婚，不管继红同不同意，他都要求。继红和自己快三年了，三年来，他们的关系很微妙，像恋人，又像姐弟，又像地下情。

挂号的人很多，轮到医生给王石磊看病的时候已经快十点了。医生把王石磊带进内屋，关了门。医生拿出电筒，仔细看了看王石磊的患处。说实话，王石磊有些不自在，十三四岁的时候，他也跟着村里的孩子们在河里洗过澡，那会儿不知道害臊，脱得光溜溜的，露出两个屁股蛋蛋敢在河边走。现在有种羞耻感。医生问多久了，王石磊说，四五天了。医生抬头看了看他，王石磊怕这么说对检查帮助不大，又补充道，前段时间腰有些痛，准确地说，也不是腰，小肚子连着腰的这一段儿吧。到底是哪？医生用力捏了捏，王石磊缩了缩身子。小肚子，他断定道。医生再次抬起头，王石磊觉得医生好像有什么话要问，就支支吾吾地说，只去过……只去过一次，也不知道是不是那次给传……传染的。医生没说话，让把他裤子提了起来。去做个B超吧，再验个血。王石磊拉好裤子，急切想知道答案，问验血做什么。医生说叫你验你就验，哪来那么多废话？王石磊又问，是不是癌症，里面怎么会肿胀起来呢？医生没说话，开了门，坐回了原位。护士就开始喊下一位病人。

整个早上，王石磊和继红心里都在打鼓。王石磊做B超和验血时心不在焉，上上下下全是继红忙活着。中午的时候，B超报告还没出来，血液分析报告出来了。王石磊拿着报告去找医生，医生没正面回应他，把继红单独叫进办公室里。

出了办公室，继红脸色不太好，王石磊问她啥情况。继红说，医生啥也没讲，就说你这得做手术，至于钱嘛，我现在去给你交住院费。王石磊还想问继红啥的，继红已经跑下楼去给他办住院手续去了。安顿完王石磊后，继红说自己要赶回去，屋里得有个人张罗着，不然自己家的羊，还有王石磊家的猪，就真的给饿死了。继红跑上跑下，气喘吁吁的。王石磊说先吃了饭再走。继红说急着呢，不吃了，让王石磊在病房里住着，晚上喊个外卖就行，自己先走。继红抹着汗，说先去上个厕所。出了门，继红朝着楼道走去，继红的手机没有带去，放在王石磊床边的桌子上。手机又嘟地响了，这次王石磊看了看，还是赵三爷发来的短信，问：确定了吗？别后悔哈。王石磊隐约觉得不是什么好事，但又不敢发作，他发作算什么？他现在和继红的关系连他自己也说不清，而且继红那么善待他。

继红回来后，叮嘱王石磊好好待着等她。继红下楼的时候，王石磊看见她的后背都湿了，那双布鞋也有些旧了。王石磊喊了声等等，继红回过头来，王石磊嗫嚅着双唇。继红问，还有啥事？王石磊走近了，挽着继红的手，说，如果我好了，我娶你，要是好不了，你就别花这冤枉钱了。放你娘的狗屁，继红甩开他的手撂下一句。噼里啪啦地下了楼，头也没回。

继红是下午三点到的落水湾，她先去的王石磊家，喂了他家的猪才回自己屋。继红推开院门，羊从圈里跳了出来，在院子里寻草吃，羊见着继红咩咩咩地叫着，这叫声让继红感到亲切，也把隔壁的赵三爷吸引了过来。

赵三爷脸上堆着笑，问王石磊怎么样了？继红张开手吆着羊，羊进了圈里。继红把圈门杠上，伸手去抓圈顶上存的草，草的位置有些高，继红踮着脚也没够着，情形有些尴尬。赵三爷站到继红身后，挺着身子够草。继红心里是不领情的，她试着跳了跳，不跳还好，一跳就和赵三爷挨得更近，继红穿的是松紧裤，身材全靠裤子勾勒出来，跳的时候刚好和赵三爷身体有接触。赵三爷把草抓下来，一把丢进圈里，羊乖乖地低着头吃草，不再叫了。继红转身，想进屋，赵三爷个子大，顺势从后面一把搂住她。继红摆着手肘做挣脱状，赵三爷搂得更紧。继红脸一红，瞥过来瞪着他，叫你松手你听见没？赵三爷涎皮赖脸的，怕啥，院子门我关了的，又没人看见，那事你想好了吗？没有，继红斩钉截铁地说道，然后使劲挣脱，赵三爷不歇停，直接抱紧了继红，把她身子反转过来，又抵到草垛上。赵三爷扑了上去，继红用手挡了几下，估计是有些令人败兴了，赵三爷倒认真了起来，红着脸，要怎么才能答应？我不相信你现在不缺钱。继红瞪着他，你这个无赖，那钱是你欠我的，你现在还想……没谁知道是我欠你的，白纸黑字有一个？你……继红急了，气得面红耳赤。赵三爷笑着，听我话，就一次，一次我就还你钱，现在你上哪儿去找钱？村里该借的你都借了，谁还有钱给你。再说了，王石磊那病也不是在你这儿落下的，谁知道他碰了哪里的野女人，根本不值得你这样做。值不值得不用你管，继红斜睨他，一边用手抵住他，一边蹬着腿。赵三爷稍微松了口气，理了理衣领，继红起了身，径直从他身边走了过去。继红走进屋，门摔得很响。赵三爷自讨没趣，临走的时候挺着腰，话音放得很响，你自己想想吧，说白了，反正你又不是什么贞洁烈女，要是想通了晚上给我电话，或者发短信也行。

继红没有吃饭，她一口饭也没有吃。夜里深寂空寥，她感觉自己很无助。要是官生还在多好，官生是继红的男人，男人不死的话，她也能像正常人家一样过日子，可是男人死后，一切都变了。羊还是男人留下的呢，那年男人在煤矿上挖煤，回来的时候路上下了大雪，一只小羊羔在雪地里咩咩叫。叫得官生心里软塌塌的，官生就把羊羔抱在怀里，一直抱到了家，官生和继红又是煮米汤又是喂精粮的，这才把羊羔救活养大。继红觉得对不住官生，官生去世的这几年，继红心里是有愧疚的，都说继红门前是非多，继红倒是没乱来，唯独和王石磊有过。说白了，和王石磊没感情那是假的，时间久了哪能不生情分。可是现在王石磊躺在医院里，该怎么办呢？总不能把羊卖了吧。继红不想理会赵三爷，虽然自己不是什么雏，但也没那么贱，她决定不发短信也不打电话，她把手机关了。就这么熬到天亮吧，或许明天给医生求求情，先把手上有的钱交了，差的手术费后面再补也行啊。

继红这么想着，就打水在炉子上烧，准备洗洗睡了。屋外砰的一声响，惊住了继红，像是有砖头从哪儿掉下来一样。这个时候已经十一点了，周遭的人们都睡下了，莫不是小偷？继红想着肯定是谁知道她去县城了，想来偷羊的。继红的灯还亮着，窗户拉了窗帘，外人瞅不见里面。继红偷偷扯开窗帘，想看看外面是啥情况，这一扯，一个黑影伫礼在窗外把她吓得不轻。继红嗖地一下松开窗帘。

是我啊，妹子，开门！赵三爷在外面轻声说道。

你来做什么？我要睡了。

这不是想你了嘛。

赵三爷，你回去吧，你说的事我想好了，我真要睡下了。继红这么说，一只手摁掉了墙上的开关，屋里的灯黑了。

赵三爷不依不饶，在外面推门，你开下吧，我知道你缺钱，我今晚托人在县医院打听了，王石磊那病连医生都没个准，现在唯有钱能救他，你如果真想救他，知道该怎么做的。再说了，就算我们那啥，你也不会有啥损失啊。

赵三爷这么说话，继红越发觉得他恶心。不过话说回来，王石磊要是真的没救了怎么办？好歹她也和王石磊好过。继红心里酸楚，怎么和自己好的男人都没个好下场呢？她在心里暗忖着，是不是自己真的命硬，克夫。继红咬了咬牙，她不想再害一个男人了。

说话嘛，妹子，难不成你要眼睁睁地看着王石磊……

赵三爷的话还没说完，门就开了。继红立在门口，笔挺挺的，眼睛像钉了钉子，直瞪瞪地看着赵三爷。赵三爷迫不及待地一把搂住继红的腰，腰很细，也很柔，继红没有作声，也没有反抗。七月份的天气，夜晚的风有些微凉，风进了屋，风把门吹出道口子，口子由窄变宽，风从口子处灌进屋里，屋子里有了凉气。继红听不见身边的声音，她的周遭寂静着，脑海里只有一片海，海很大，空寥寥的，海风和海浪互相吹打着，继红能感觉到海水的潮湿，还能感觉到一股咸咸的味道……

继红交了两万块钱，年轻的主治医生带了几位年长的医生来看王石磊，王石磊躺在床上，看着眼前的几个白大褂心里很不畅快。继红问医生，现在是什么情况，医生说，通过检查的血样来看一切正常，左侧睾丸轻微肿胀并有积液，左侧腹股沟区探有 CDFI 异常血流信号，从病人的患部来看，确实有些肿大，目前我们还无法断定里面到底是什么，只有做手术的时候切开才能确定，而且我们几个医生还得开个会商讨下手术过程和风险……

这话把继红听得一头雾水，不过从医生的讲述来看，已经初步断定不是他们猜想的那种活癌症了，也应该不是什么性病，这点继红倒是松了口气。王石磊也没问继红自己的情况，在他看来，继红能这样对自己已经是仁至义尽了，这份情，他只有祈祷老天让自己康复后慢慢回报了。

王石磊的手术是在第三天晚上进行的，只有继红守在外面，足足候了三个钟头。王石磊做的是全身麻醉，出了手术室后八小时才苏醒过来，只能喝点稀粥。王石磊伸手去摸自己的下体，隐隐作痛，一大块白布包扎着，继红让他别动，说是侧面开了道口子，差不多六七公分呢，得好生休养。

王石磊问自己是啥情况。继红说，你快吃吧。医生说了，这几天可能下不了地，不过休息段时间就好了。你这叫疝气，所以会肿大。在抽血化验排除带有癌细胞的可能之前，医生需要开刀才能确定里面到底是什么，不过现在好了，已经给你割除了。王石磊还问，哪来的钱做手术，继红顿了顿，说自己存的，这么多年了，怎么也得存点在身边呢。王石磊心软了，他握住继红的手，继红的手也软，像两个人的心。

王石磊出院后，那年秋天，他搬进了继红家，没有再去编竹篓卖。到第二年的春天，王石磊买的几头公羊和继红家的母羊配了种，生了小羊羔。小羊羔咩咩咩地，整天跟着王石磊的羊群转。王石磊赶着羊从阿婆家门口的桥上过，阿婆说，小磊，进屋坐会儿。王石磊甩着鞭子，说赶着羊呢不坐了，还得回去做饭给继红吃，再过几天她就要生了……

云从

1

1925年春天，时任贵州广雅书局编撰部主任的朱明翰，在翻阅了《贵州民间史话》一书后，对在龙里县洗马乡落章村寨居住的马氏世家充满兴趣，他在翻阅了《贵州通志》(万历本)、《贵阳府志》《明朝野史》《朱氏族谱》后更加坚定内心的某种臆想，这种臆想令他多日来无法安静看书与编稿，而其祖父朱浩杰在翻阅这个版本的《明朝野史》后，认定其八十七页至九十页内容模棱两可，纯属无稽之谈，并将该书付之一炬。

书被毁后，朱明翰与祖父发生争执，一气之下，朱明翰决定前往落章村寨走访。两个月后，朱明翰回到贵阳云岩家中，不再参与广雅书局的任何编撰事宜，整日把自己锁在房中，也不与家人说话，并在后面的两个月里郁郁而死。朱明翰死后，房中干净整洁，摆着的厚厚一摞黄纸只写了一页，上面是“云从”二字，这令朱浩杰既心痛又困惑。

1935年1月，一支叫作“秃鹰”的瑞典考察队来到中国西南地区，他们在贵阳惠民驿站借宿时，无意中听到这个故事，就对洗马乡落章这个村寨产生了无比浓厚的兴趣，并决定前往。

2

田兴佳带领的“秃鹰”考察队走进洗马乡时，天空下起了鹅毛大雪。这一天，田兴佳队伍中的五个人都没有吃饭，雪越下越大，时值腊月的龙里，按常理来说，是不会有这么寒冷的。其中一名叫艾丽娅的女队员，走到洗马乡街上时，就走不动了。

艾丽娅是拖着行李走进光华旅社的，在安顿完艾丽娅及另外三名队员后，田兴佳提出自己先前往落章走访的想法。田兴佳虽然生活在瑞典，但却是华人，另外四名队员自从进入西南地区后就因水土不服感染风寒和疟疾，这为他们的历史考察带来诸多不便。田兴佳乃成都旅行商社董事长田谨康之子，本可以按照父亲遗愿继承祖业，然他对经商不感兴趣。

田兴佳到落章时，跃入眼帘的是中国20世纪初农村典型的贫穷状况，房屋矮塌，多为石板房，稍微好点的几栋也是木板房。这个村寨一共居住着三十来户人家。进了寨子，田兴佳最想了解的是这里的马姓人家，一个正在门边凿弄石磨的老头对于田兴佳的到来不以为意，在田兴佳问过路后，老人只是意思性地抬头看了看他，又低头继续凿着身前的那块大石头。良久，老人才说了一句，“我们这里没有哪家是姓马的，你找错了。”

老人的话让田兴佳感到诧异。他想起了在贵阳惠民驿站里和老板的谈话，看得出来，那位老板是热心人，且对贵阳周边的一些历史逸闻比较了解。如果说，当年朱明翰真的是因为看了几本书后认定这里的马姓和自己的朱姓为同一宗脉的话，那么朱明翰后来到底找到了这支马姓后裔没？如果找到了，那么这支马姓后裔又怎么会不在寨子里呢，他们去了哪里？

田兴佳带着疑问找到了该寨子的最高领导人——保长，那是一个胖乎乎的中年汉子，叫李承志。田兴佳告诉李承志，自己遇到凿石磨的老头一事后，这个胖乎乎的保长点燃一支烟，笑了笑，“正常的，他肯定巴不得马家人都死完！事实上，马家确实已经不在我们这个寨子很久了。”

“为什么？”

“这个……”

李承志欲言又止，显然是对田兴佳这个外来人带有防范。在田兴佳看来，这也是情理之中的事。田兴佳主动道明来意，说自己是一支考察队的队长，队员因生病暂时住在洗马街上的驿站里，他对十年前发生在落章的某些事情很感兴趣，想向李承志打听一下。对于田兴佳的介绍，李承志并没有表现出特别大的情绪变化，反之，当田兴佳说出张心蕊这个名字时，李承志流露出一种难以名状的表情。

“怎么了，保长？”

李承志把目光投向远方，若有所思地说道，“没想到这么多年过去了，竟然还有人记得她，还有人记得那件事。”

“什么事？”

“你不是想了解吗？”

“是的，我想知道朱先生是否真的来过落章，他回到贵阳后为何郁郁而死。”

“有些事情过去了就过去了，何必问那么多。当年朱先生和你一样，不过他是探寻一个词语，叫作‘落章’，现在想想觉得挺可笑。”

李承志的话让田兴佳感到困惑，朱明翰探寻“落章”为何意？自己现在又探寻“云从”一词，这种做法算不算步他人后尘？

外面下起了雪，雪花不停飞舞。寨子里某处人家的炊烟袅袅升起，李承志说，“走，我们吃杀猪饭去。”田兴佳跟随在后。进了寨子，有十多户人聚在某家堂屋，人们围着几张桌子坐下，其乐融融，尽享盛宴。

那天晚上，李承志特意向长老们介绍了田兴佳这个科考人员，并多次和他推杯换盏。喝到酣处，田兴佳的脑袋昏沉沉的，不胜酒力的田兴佳在李承志家楼下睡着了，直到第二天中午才醒来。

屋里溢满炖猪肉的香味，田兴佳起床后，李承志的女人正在门外清洗白菜。看着嫩绿的菜叶在水里一片片漂洗着，田兴佳想起了滞留在洗马街上的队友，不知道队友们是不是还挨着饿。

“怎么不多睡会儿呢？”

李承志从身后走过来，拍了拍田兴佳的肩膀。

“已经睡了很久了。”

“还好吧，酒是我们自己酿的，可能你还没喝习惯。”

“我想了解下朱先生的事情。”

李承志的脸色有些不悦。沉吟片刻，说如果要了解的话，也得先把早饭吃了嘛。然后再带他去周边走走，或许对他的探寻有些帮助。

早饭吃得比较简单，为了调剂口味，李承志的夫人亲自为田兴佳端上一碗酸汤，说是凯里酸汤，开胃。田兴佳吃得不亦乐乎。李承志和田兴佳走出家门时，天地之间白茫茫的，太阳隐藏在云雾里，显得淡弱。

“往前走吧，我带你去太子山瞧瞧。”李承志点燃一支烟，在前面带路。

太子山这名字取得有意思，田兴佳不明所以，但又不想直接问李承志。田兴佳想自己得出答案。约莫半个钟头的路程，他们来到太子山下，太子山不大，山峦向东绵延。冬季的太子山上白雪皑皑，琼枝玉叶。

在田兴佳与李承志闲聊之际，山下一位老人正赶着羊群朝山上走来。

李承志说，那是村里的张老头。张老头给李承志打招呼，李承志点点头，问大冷天的怎么出来放羊。张老头抱怨道，操他娘的年成，到处都兵荒马乱的，家里只剩下他一人，眼见就要过年了，在省城务工的儿子也不见回来，怕是……

“怕是怎么？”李承志问道。

“这个不听话的崽，怕是像当年的马云从之类的，没个好……”

马云从，“云从”，这个人和朱明翰死前桌面上写的“云从”有关吗？田兴佳在心里嘀咕。

老人没有把话说完，就被李承志打断了，“瞎说，怎么可能？”李承志似乎对什么讳莫如深。

老人没有再说话，点燃衣兜里的老皮烟，赶着羊群向山上走去了。

田兴佳的脑海里再次闪现出张心蕊这个名字，在惠民驿站的那个晚上，老板说出朱明翰与张心蕊的关系后，队友中的几个人对朱明翰的评价如出一辙，那就是懦弱。

田兴佳忍不住问了李承志，当年朱明翰与马云从是不是有过什么误会。李承志吸着烟，沉默良久，说什么误会不误会的，只是有些事情不可能自己想怎样就怎样，也怨不得张家小姐，就算张家小姐曾对朱先生许诺过什么，可那毕竟是儿女之情，在某些东西面前，就显得渺小无比了。

田兴佳听得云里雾里，暗自揣测这话的意思。李承志补充说，“没必要深究，当年朱先生来这里的时候也和你一样，为了一个毫无根据的臆想竟然跑到我们这来考证，真是可笑。”

“臆想？”

“是的，他当时来的时候我还带他来太子山了呢，你知道这里为什么叫太子山吗？”

“为什么？”

李承志慢吞吞地给田兴佳讲了个传说，听完传说后，田兴佳对于落章这个地方有了新的认识。不过对于朱明翰为了自己那毫无根据的臆想跑到这里来考证，田兴佳还是感到不解。

3

躺在床上的田兴佳陷入沉思，他无法想通朱明翰在查看了《明朝野史》及《朱氏族谱》等书后，怎么会认为这里的马姓后裔和自己同宗同脉，不仅如此，朱明翰还坚持探寻一个叫作“落章”的词语，认为该词对于证明自己与马姓氏族同宗同脉具有一定佐证价值。

朱明翰死前在桌面上写的“云从”二字也不知道该作何解释，这和证明他的血脉又有什么关系？

李承志在外面敲门，问田兴佳要不要炭火。屋里冷，烧些炭火能取暖。田兴佳起床，开门把那盆炭火抬了进来。

李承志说：“田先生，我外面还有事处理，先不打扰了。”

李承志走后，田兴佳把炭火摆在书桌上，他想写些东西，他需要把在这里遇到的情况都详细记录下来，在他的笔记本上，有这样一段文字：

今日，与洗马乡落章（第十保）李承志保长爬太子山，相传太子山起名于明朝永乐年间。朱允炆逃亡后，曾携带家眷途经此地，并在此山产下一名龙子。后人为纪念此事，将该山命名为太子山。

田兴佳写完这段文字后，脑海里浮现出朱明翰曾经在这里居住的场景。

在贵阳惠民驿站的那个晚上，老板告诉田兴佳。朱明翰乃三代单传，朱明翰的父亲曾在军阀混战中不幸身亡，祖父对朱明翰寄予厚望，希望他能继承家业，并把书局做大做强，可是朱明翰并不喜欢经商，常常喜欢读一些稀奇古怪的书。有一次，朱明翰带回来的几本外国著作被祖父发现后，俩人当即发生争吵。朱浩杰大发雷霆，除了朱浩杰，没人知道朱明翰带回来的是什么书……

这个故事让田兴佳觉得朱明翰是个有点怪的人，又觉得他不是个普通人。

田兴佳在笔记本上写下这样一段文字：

相传，朱允炆是携带玉玺途经此地的，当时骑着一匹马，在渡过一条河后，朱允炆的侍从给马洗刷。后来，朱允炆路过这个村寨，所带的玉玺落在了这里，当地百姓帮忙找了回来。自那以后，这地方就叫作“洗马”，而这个寨子也就叫作“落章”了。

写完工作记录后，田兴佳觉得自己应该出去走走。或许走走能有新的发现。李承志的夫人正在喂猪，见田兴佳出来，礼貌性地打了个招呼。问田先生要去哪里。田兴佳说待在屋里闷，想去周边看看。

他不知不觉走到一处水井旁，井边积雪重重。一位老人正在水边用木桶打水，老人的扁担钩子在薄冰上砰砰砰地砸着，砸出一道口子。桶就这样放了下去。老人见到田兴佳走来，有些诧异，这里的人似乎很少见到陌生人。田兴佳主动向老人打招呼。老人并没有理会，只是自顾自地打着水。老人打好水，意欲离开，为给田兴佳让路，差点一个趔趄摔倒。田兴佳尴尬，赶忙扶着老人，老人似乎不太领情，要不是田兴佳摸出袋中的哈德门香烟，老人断然不会释怀。就这样，老人回到家后，和田兴佳闲聊了起来。

在听了老人讲的故事后，田兴佳意识到自己犯了个错误。

“这里不叫‘落章’，常常有书本将地名写混淆，很多人不知道音同形不同的字之间的区别，以为音相同就可以扯着瞎用。”老人坐在屋里，膝前是一笼烧得很旺的炉火。

“那叫什么？”田兴佳好奇地问道。

“叫‘落掌’，是‘掌’不是‘章’，我们这里的人念这两个字的时候不分声的。”

“我懂了，那‘落掌’这个名有什么来由？”

“来由啊，这个……祖祖辈辈都这么叫，不过听老人们说，倒是和一个传说有关。”

提到传说，田兴佳想起昨天李承志给自己讲的关于朱允炆途经此地的故事，莫非老人讲出来的和李承志口述的相同?

田兴佳好奇，说：“你讲讲吧，我想听听。”

老人吸了口烟。

“相传很久以前，张三丰路过我们这里，他在过完河后，洗了洗马。自此，我们这个乡就叫‘洗马’了。我们寨子，之所以叫‘落掌’，是因为张三丰的马跑到这里时，不慎摔倒把马掌给跌落了。从那以后，这里就叫‘落掌’。”

听完老人所述，田兴佳觉得可笑又不可思议。

为了证实所言非虚，老人还从家中拿出官方文本，田兴佳看后，相信了老人的话，这里确实叫“落掌”，不是叫“落章”，这里大多数人都不识字，所以只识音。

接着，田兴佳压抑不住内心的好奇，问道:“当年朱明翰先生您可见过?”

老人沉吟许久，说见过，是个瘦弱书生，不值一提。

田兴佳问:“为何这么说?”

老人说：“朱明翰来‘落掌’没多久，每天除了待在张小姐家，就往回龙寺跑。有天傍晚，朱明翰冲出回龙寺，大声喊着，不可能，不可能。感觉像个疯子，没人知道发生了什么。那之后没几天，寨子里来了一拨神秘的人。”

“神秘的人?”

“是的，那几个人住在张家，没有多久，张家和马家一夜之间就消失不见了，没人知道发生了什么事。而朱明翰也是在那拨人来后不久回的贵阳，再没有来过这里。”

“朱明翰和张心蕊是什么关系呢？”

“朋友关系吧，不过有人说朱明翰恋上张心蕊，但是我觉得张家姑娘的心并没在他身上。”

“那在谁身上？”

“张家姑娘喜欢的是马云从，这个事情，你可去问寨子边上的石匠。”

田兴佳想起了初次来寨子时遇到的那个石匠，他曾经问过石匠这个寨子里是不是有姓马的人，石匠说没有。后来李承志说过一句话，这句话让田兴佳不明所以。李承志的原话是：正常的，石匠肯定巴不得马家的人都死完！事实上，马家确实已经不在这里很久了。

田兴佳不想问石匠，石匠是个冷漠的人，这种人是问不到什么东西的。

在同老人的交谈中，田兴佳得知，朱明翰与马云从曾因为争夺张心蕊有些不合。石匠当年饿慌了，在马家偷了半升玉米粉给儿子煮粥吃，结果被马家老爷打个半死，还是朱明翰这个外人看不下去求的情，并代赔了玉米粉钱。

4

从老人家里出来，田兴佳想去回龙寺看看。

回龙寺在山上，风从北面吹来，呼呼呼的。田兴佳裹紧大衣，山路上凝结着冰雪，又滑又难走。田兴佳是在爬山的时候看到那个疯女孩的，起初田兴佳并不知道女孩有些疯癫。在和女孩交谈了后，他发现女孩说话不仅口吃，还伴随着咬指。天气寒冷，女孩跟着田兴佳朝回龙寺走，她只穿着单衣，脚没有穿鞋，好像不知道冷，田兴佳有些可怜她。

在回龙寺，一个老太太正在用鸡毛掸子掸窗户上的灰。

疯女孩咿咿呀呀地嚷着："奶奶，奶奶，来人了。"

老太太朝这边看，发现是陌生人。田兴佳说明来意，老太太请他进屋里吃茶。经了解，老太太是外乡人，逃难来到这庙里，庙里的慧明大师收留了她，让她给庙里打扫卫生。田兴佳说自己想了解朱明翰这个人，问老太太是否晓得。老太太弯下腰往炉膛里填充柴火，缓缓讲道：

"那人起初在张老爷家住，说是喜欢张老爷家的大小姐。有段时间，他爱来寺里，最后来的那天，天气和现在一样冷。那时候慧明大师还没圆寂，他直接找的大师。其实，他三番五次来都是想了解回龙寺的历史。慧明大师告诉过他多次，说回龙寺并非他想的那样。两人在禅房里查阅资料，慧明大师和他聊了一个下午，那天下午，他出来以后，跑到庙门口咆哮，像疯了一样。"

老太太的说法和挑水老人口述相吻合，看来不会是假。

田兴佳又问："您不知道他们聊了什么吗？"

"这个我当然不知道了，庙里有师父，你可以进去问问，是净名师父，他是慧明大师的徒弟，或许他能知道实情。"

老太太把田兴佳引到净名师父的禅房门口，叩了叩门，屋里有人应，老太太转身就回去了。净名师父是个高个子，瘦削，正在屋里打坐练功。田兴佳说明来意后，净名师父请他进屋，俩人喝了半壶茶，净名才慢慢道出那天的事情。

据净名师父讲，那天朱明翰来后，在与慧明大师的谈话中略显气愤，话语间对落掌马氏家族有诋毁之意。慧明大师详细询问后，才知道朱明翰来此是因为看了《明朝野史》里面的相关记载，再结合自家族谱，认为洗马乡落掌的马姓氏族是明朝朱允炆的后代，并认为自己和马姓氏族为同一支脉，马家老爷对此不予肯定，觉得荒谬至极。在朱明翰强烈要求查看马家族谱后，果然证明了朱明翰的推断是错误的。朱明翰还认为回龙寺很有可能是朱允炆所建，且这里的“龙”应该暗指“朱允炆”……

田兴佳和净名师父谈了一个下午，师父翻阅了相关书籍给田兴佳看。在看完与回龙寺相关的历史记载后，田兴佳相信了朱明翰先生所坚持的臆想确实是错误的，但摆在田兴佳眼前的问题是，朱明翰所写的“云从”二字到底是作何解释？

对于“云从”二字，净名师父也说不出个三二一。他说：“当时的马家有一个儿子叫‘马云从’，莫非指的是他？”

从回龙寺出来，田兴佳把自己当天所闻所见详细记录在笔记本上，并对回龙寺作了如下详尽描述：

龙里县洗马乡境内有一座寺庙，名为回龙寺，据回龙寺石塔底部碑文记载，该寺始建于明朝弘治二年，历时八年之久。康熙五年，这里曾发生过大规模瘟疫，因收留难民，寺庙不堪重负，有三间房屋损毁，后经一次重修。修建回龙寺所用的材料为明朝特制大青砖，该庙落成后，塑有普贤菩萨、文殊菩萨、观音菩萨等神像，供方圆五十里内民众祈福，寺庙香火呈逐年旺盛之势。

从回龙寺出来，田兴佳漫无目的地走着。眼前是荒芜的田园，他想起了成都，也想起了瑞典。整个世界遭遇了第一次世界大战后，到处都陷入苦难，国内局势也是混乱。这个相对来说还算封闭的小村庄，似乎还未意识到战争的险恶，但是饥荒与贫穷早已经使这里衰败。

李承志是快要吃饭的时候回来的，说是最近在抓壮丁，上面又定了名额，不知道如何是好。李承志的夫人劝说保长这种差事不好干，要不就不干了，把手里的钱拿去置办些田地，就算年成不好，糊口也还是可以的，而且还能收些租。

“收租子收租子，还有什么租子。”李承志抱怨道，“这些年光交捐都交得不堪重负。”

晚饭吃的是火锅，或许在这座村寨里，唯独火锅能让人们挨过寒冬里的漫长岁月。吃饭之际，田兴佳把自己一天的见闻讲与李承志听，李承志说不要想那么多，劝田兴佳和他多喝几杯。

田兴佳喃喃自语道：“由此来看，当年朱明翰应该是在查证后得到了结果，推翻了他对血脉宗亲的定论，所以才闷闷不乐的，不过这样的话，不足以使他闷闷不乐两个月啊，并且还死掉。”

李承志的夫人插了句嘴，说：“朱明翰不是和张家小姐好过吗？”

“瞎说，那是谣传，你也跟着传谣？”李承志补充道。李承志夫人嘀咕着：“不然马云从后来为啥会和朱明翰闹掰呢？”李承志没有说话，田兴佳倒觉得有些意思。

是夜，田兴佳睡在李承志家的竹楼上。外面的风呼呼地吹着，显然，这个冬天将更加寒冷。滞留在洗马街上的几个同伴也不知道情况怎样，田兴佳在焦虑中度过了这个漫长而又寒冷的夜。

5

天快亮的时候，村里的狗吠声吵醒了田兴佳。有人在外面喊，保长，保长。楼下传来李承志开门的声音。之后，李承志点着火烛同那几个人出去了。黑暗中，火光蠕动在对面的山路上。

田兴佳再没有睡意，天放亮时，楼下传来开门声，是李承志的夫人开的门。这个五十岁上下的女人，生活过得滋润，她的身体富态，就连做饭的那双手也显得不那么粗糙干涩。

李承志的夫人看见田兴佳下楼，俩人打了个照面。过了早，她说要去水房磨米，要是田兴佳需要出去，就给他钥匙，免得他回来时没法进屋。田兴佳问，去哪里的水房。她说去洗马河的，离这里远着呢。田兴佳听是洗马河，来了兴致，想起之前挑水老人讲的张三丰过河洗马的故事，便说自己也想去看看。

糯米是用马驮着去的，李承志的夫人牵马，田兴佳在后面跟着，约莫走了一个钟头的路。到达洗马河时，眼前一座小村庄祥和地坐落在河岸两边，炊烟袅袅，这里恬淡平和，毫无战乱之感。

在水房里，李承志的夫人很熟练地淘洗着新出的糯米。田兴佳则环视着四周，他开始迷惑，不明白生活在贵阳的朱明翰为何会跑到这么偏远的地方来，仅仅是为了寻找同宗血脉？会不会有其他更重要的事情？

见田兴佳望着河面久久发愣，李承志的夫人问他：“田先生在想什么？”

田兴佳说出了自己的困惑，女人笑笑，说：“朱明翰哪里是为了找什么血脉，那都是幌子。”

这让田兴佳不明所以。

李家夫人是这样讲述的。朱明翰来落掌表面上是寻找宗亲，其实是追求张家大小姐，可是大小姐并不喜欢他，喜欢的是马云从。后来，李家夫人还碰巧听到过朱明翰与马云从的争吵，那次争吵发生在一拨神秘人来村后不久。某天午后，李家夫人吃过饭，在小路上散步，发现竹林里有两个男人喋喋不休，细听听不清说了什么，只听到马云从吼道："你走不走，如果你不走就别怪我不客气，心蕊已经决定了，她要跟我走。"

那之后，朱明翰就回了贵阳，而马家与张家却在一夜间突然消失不见了，没有人知道他们去了哪里，也不知道到底发生了什么。

听了李家夫人的讲述，田兴佳更加迷惑。她还说，要是不信，可以去村里的私塾问问，私塾以前是张家的房子，私塾先生曾经有恩于张老爷，张家走了以后，房子就被那先生改为私塾了。

在碾米的过程中，还有其他村民陆续进来淘米。田兴佳在和村民们的交谈过程中，对于"洗马"这个地名的来历，知道了另一种说法，这种说法对于理解朱明翰所写的"云从"二字可能没有多大帮助，不过引起了田兴佳更多的思考。田兴佳认为，"云从"二字可能会有多重意义。

一位前来碾米的老者说，这里之所以叫"洗马"，其实不是什么朱允炆在此洗过马，也不是张三丰在此刷过马，而是这里曾经出过一名官员，官员的姓名已经无法考证，官员的职务就是洗马。官员还乡后，这里的人们因这里出过"洗马"这样一位当官的，就把这里称为"洗马"了。

对于这种说法，田兴佳笑了笑。或许朱明翰所写下的"云从"就和"洗马"是相同的道理，可能"云从"和"马云从"根本没有半毛钱关系，很可能另有所指。

田兴佳所站的地方，河面与天色相一致，白茫茫的。天快黑的时候，糯米总算要磨好了。对面的河岸上传来人们的喧闹声，好像发生了什么。路过水房的人窃窃私语，说前方战事有了新的消息。

在回到落掌以后，田兴佳独自前往李承志夫人所说的那栋张家旧宅，旧宅果然被改成了私塾。居住在私塾里的是位独身老人。私塾门前的对联已经剥落，看上去有些年月了。田兴佳进了院子，老人把私塾旁边的厢房改成住所，门前挂了些玉米，还有辣椒。

在这栋旧宅里，根本看不到过年的喜庆。

老人对田兴佳的到来不以为意，要不是田兴佳提到朱明翰、张心蕊，还有马云从几个人的名字，老人的目光断然不会一下子炯炯闪亮，也不会喊他坐下。在和老人的攀谈中，老人告诉田兴佳，当年朱明翰来此地时，曾在洗马乡山道上遭遇土匪，恰好那时张心蕊经过，命令手下救了他。朱明翰学识渊博，张心蕊又在贵阳女子学校读书，俩人志趣相投，没有多久，朱明翰就向张心蕊表露心迹，并且向张家老爷表态，想提亲。这本来是一桩好事，却遭到了张老爷的阻挠。张老爷对朱明翰谈不上反感，但就朱明翰凭借《明朝野史》和《朱氏家谱》上的不实之词来骚扰马姓氏家，认为马氏与其同宗同脉，就看透了朱明翰这个人，认为这个人荒谬、无趣，断不能托付终身。

听了老人所讲，田兴佳对事件大体明晰。可是，马家与朱家为何在一夜之间消失不见了呢？对于这件事，老人只字不提。只说过去的事，没必要了解太多，现在查出“云从”二字本意，又有何作用？

6

回到李承志家，夜已经很深了。李承志召集了不少人在家中长谈，人们在喝酒。油灯昏黄，伴随着的是窃窃私语，也有振振之词，人们看到田兴佳后纷纷露出怪异的目光。

李承志向大家打着招呼，说不碍事，既然事情已经到了今天这个地步，我们也不怕什么，大家想说什么尽管说。田兴佳毕竟是外来人，不好参与村里的各项事务，就绕过他们，上楼休息了。

那天晚上，李承志在村民们离开后，把田兴佳叫了起来，二人在昏黄的油灯下彻夜长谈，李承志讲出自己的真实身份。后来，在田兴佳的记录本里有这样一段话：

1935年1月30日，离大年三十还有三天，落掌（洗马乡第十保）的村民们在张罗着过年，尽管战乱使各地人民饱受饥荒，但这里的情况相对较好。保长李承志的身份竟然是共产党人，他们于今晚商讨大事，要抵抗国民党暴政，抵抗抓壮丁，抵抗交捐，抵抗一切帝国主义和封建思想。就在本月15日至17日，共产党在贵州遵义召开了一次极其重要的会议，会议对独立自主解决中国革命问题提出重要建议。并且，就在该会议结束后没几天，红军完成了四渡赤水战役，摆脱了国民党的围追堵截。消息传到落掌后，村民们欢欣鼓舞。

翌日醒来，田兴佳决定上一趟洗马街，他需要看看自己的同伴。当然，这也是李承志的建议，离过年只有几天，请大家到家中吃个团圆饭总是好的。队友们在洗马街上的光华客栈与田兴佳打过照面后，还把从贵阳传来的消息讲了出来。

相传，朱明翰死前不久，曾在贵阳家中与一位老先生会过面。这位老先生在与朱明翰交谈了很久后才离开。或许那天朱浩杰老先生并不在家，不知道孙儿有这段会客经历。这个与朱明翰相会的人传闻就是洗马人，具体是谁，却不得而知。

对于队友们所讲述的这则逸闻，在田兴佳看来，可能并非空穴来风。他想起了待在张家旧宅的老人，老人为何对马家与张家的突然消失守口如瓶？这件事情，是在过年以后田兴佳才晓得的。

那是一个白茫茫的清晨，落掌的人说，今天是大年初二，在龙里县城的草原乡一带，会有苗族同胞举办“跳月”活动。所谓“跳月”，就是祭祀与相亲为一体的民族节日活动，青年男女会着盛装参与，他们聚于野外，尽情歌舞，并对中意的姑娘或者男孩表明心意。

队友们觉得很有意思，都说想去看看。顺便打道回贵阳。田兴佳在走之前，与李承志彻夜座谈。据李承志讲述，之所以久久不想告知他这些事情，一是外来人信不过，二是现在局势有所转变，讲了也无妨。当年马姓家族在此确实比较有名望，朱明翰也确实来此寻过血脉宗亲，不过寻宗亲是幌子，谁会真的对野史上的不实说法信以为真。朱明翰也确实和张家小姐相恋过，但这些都只是水上浮萍。这背后，有其更重要原因。

其实，在贵阳女子学校就读的张心蕊与朱明翰早就相识，且互有书信来往。俩人思想共进，张小姐芳心暗许，决定非朱明翰不嫁。朱浩杰的儿子本就死于战乱，更不赞同孙子走上革命这条路，不然就会断了香火和家业。落掌的张老爷与马家又是世交，当时的马云从在外省读书，也受积极思潮影响，这把张心蕊说动了，最终为了革命，两家人连夜搬离这个地方，不幸的是，马云从在不久后牺牲了，尸体是在洗马河被人发现的。

当时摆在张心蕊面前的两个男人都很优秀，最终张心蕊选择了马云从。至于朱明翰所留下的“云从”二字，很有可能指的不是“马云从”，可能指的是张心蕊，张家姑娘的字就是云从。

对于李承志的说法，田兴佳觉得似乎有些道理，但还是令他充满迷惑。带着困惑，田兴佳离开了洗马，那天考察队去龙里草原看了“跳月”。

多年以后，田兴佳在自己的笔记本里写下这样一段文字。

云从：1. 语出《诗·齐风·敝笱》：“齐子归止，其从如云。”后用“云从”比喻随从之盛。

2. 借指随从者。

3.《易经》：云从龙，风从虎。“云从”即隐喻“龙”。

中华人民共和国成立后，田兴佳进入一家档案局工作，在他的考证下，认为朱明翰先生逝世前所会之客就是将张家旧宅改作私塾的老先生，他们都是共产党人。

田兴佳在《贵州图经新志》（弘治本）中无意发现这样一段文字：龙架，本山名，卫置其下，因以为名。

据该书记载，“龙里”县地名最早出现于元朝，用“龙里”做地名之前，还曾有“云从”“龙驾”两个地名用法。为了进一步考证，田兴佳亲自走访过龙里县，在其县城西面十五华里处至今保留着一座亭阁。曰：云从阁。

田兴佳认为，作为革命战士的朱明翰所留的“云从”二字，不可能指向的是儿女私情，更不可能代指马云从和张心蕊其中一人，很有可能是当时革命的电报暗语，又有可能是某个对革命具有重要意义的地名。

暗杀

妻子已经睡着了，我探过她的鼻息，呼吸均匀。她一定猜不到我今晚上想做什么。为了保险起见，我用手贴了贴她的脸，她微微有点感觉，侧了侧身，继续睡。呵，真是该死，这张又白又润的脸蛋，要不是它，事情也不会走到今天这个地步。我说过，我想做的事情，一定会付诸行动，不然还怎么在这栋楼混。

事情已经发生了，就让它发生得更彻底些吧。

我穿上羽绒服，戴上墙角那顶帽子。这个时间点，街上还会有人吗？可能不会有吧。我关了门，下楼，小心翼翼，生怕弄出任何声音来。要是楼里的人知道我那么晚还跑出去，肯定会怀疑的，他们今天有看报纸，报纸上报道的那对情侣和我的情况很相似，他们拿到报纸的时候都在笑，我不能让他们也笑我。在下楼的过程中，我的脑海里浮现出那家伙死在我面前的场景，他倒在血泊中，嗫嚅着，想说什么，什么也说不出来，他被我打得惨不忍睹。我的内心是欢快的，要知道，做我这行的，对他的住所行踪了如指掌，我想杀死他，简直易如反掌。

可恶，一只蚊子在我面前晃悠。它想做什么，我的手在空中挥舞，该死的家伙，每次都被它逃脱。我说过，我对蒙塔那家伙的行踪了如指掌，我有能力杀死他。现在，我怎么连一只蚊子都杀不死？我想拔刀，不行，大晚上的，我的刀拔出来会锃光瓦亮的，万一被谁发现怎么办？我还有小刀，是从喀什买的英吉沙小刀。看我不把这蚊子剁死，我的英吉沙小刀在空中挥砍，嚓嚓，蚊子好像在和我玩游戏，它继续嗡嗡嗡地飞舞，我每一刀挥上去都扑个空。这是不是某种不好的预兆呢，难道是告诉我不该去杀蒙塔那家伙？可是他和我妻子不干不净，他们是有奸情的，如果没有，我妻子怎么会那样对我。

好不容易摆脱了蚊子，我走出小区大门。门卫冲我笑笑，这个老东西，他已经风烛残年了，我对他没有什么好感。老头六十有余，在我们县城，凡是六十以上的老人都很难找到工作，况且他还长得干瘪衰老，看上去起码有七十岁了。他每天见人微笑，逢人点头。尤其是看到蒙塔那一类的，他脸上简直能挤出一朵花来。有那么两次，我站在楼上看得清清楚楚，蒙塔的车子开进小区后，老头主动引蒙塔到停车的地方，蒙塔打开后备厢，不知道装的什么东西，看起来有些重，老头主动帮他搬下来。要知道，蒙塔才四十岁，老头已经六十多了，蒙塔的力气会不如这老头？老头就是用这一招，才把物管老板巴结得好好的，这才能持续在这里工作。这类人没一个好的。丽莎肯定也坐过蒙塔的车，那是必须的。老头不知道看到过没，他看到了竟然没给我讲，他是有意袒护蒙塔，他明明知道丽莎是我的合法妻子，我们在前年就已经领了证，要不是……要不是……要不是那件难以启齿的事，我们现在起码也能享受天伦之乐的。

我没有理会门卫老头，他的笑让我唾弃，我讨厌这种谄媚的姿态。

出了小区，我向左转，径直朝着前方走。深夜一点的街区很静，路灯昏黄。很多个晚上，我都是在这一幢幢路灯之间穿梭的。丽莎以前工作的地方也是在皮革厂，皮革厂里工资不高，每天要干很长时间。我九点下班，丽莎十点。下班后，我总是会骑着自行车来到这一带抽上几支烟，等丽莎的过程并不烦闷，烟抽到九点四十左右，我会骑上自行车朝北面飞驰而去，丽莎会准时在厂区门口等我。那时候的丽莎爱穿一身紫色碎花裙子，在灯光的映衬下，看起来更有女人味。我常常和丽莎说，如果有一天我老了，还买不起小轿车，你还愿意坐我的自行车吗？丽莎就把脸贴紧我的后背，说，等你老了估计自行车都踏不动了。我以为丽莎会对我始终不渝，直到那个该死的蒙塔出现，直到让我眼见为实的事情发生，一切都变了。

我继续朝着前方走。多年以来接送丽莎的那辆破单车早就被我丢了，搬进这片小区后，我没有钱买车，每天坚持走路上班，我以前工作的单位换了位置，离小区只有百来米远。丽莎同我一样，没有换过工厂，她一直在那家皮革厂做，还当了带班领导。

我走到皮革厂时，厂里的几盏射灯还亮着。看门的老人没睡，正在屋里看电视，隔着老远，我就听到打斗的声音。他看的是古天乐版的《神雕侠侣》。老人是个好人，我和丽莎还在恋爱的时候，我来接丽莎，天冷，老人常常拉开玻璃，伸出头朝我递支烟，让我进去烤暖气。开始我有些不好意思，时间久了，大家就熟络了。老人知道丽莎是我女朋友后，对我伸出了大拇指，说丽莎是个不错的姑娘，漂亮能干，厂子里喜欢她的人多了去，我能追到，是我的福气，也是我的能耐。我喜欢这个老人，不单单是因为他说我的好话，很多时候，他都以一副笑脸示人，以一副好心肠待人。

老人显然没有发觉我的到来。我打算过去给他打个招呼，这座城市里，说实话，我觉得没有可信的人，唯独这个老人，他没有任何攻击性，没有任何心机，这么多年过去，他虽不是我的亲人，但是有些内心话我可以对他说。

我说，大爷，你还没走？

老人转过脸来，看到我，笑着，拉开玻璃。小夏，你这么晚出来做什么，丽莎还没回去吗？

回去了的。

哦，那出来做什么。

你知道的，我不可能放过他。

老人似乎有点害怕，他环视了下四周，那样子像是怕隔墙有耳。他冲我做了个招手的手势，示意我进屋说话。

我说，大爷，你这屋子暖和。

大爷给我泡了杯茶，低声说，坐，我今天看到他了，晚上开车回的是南苑的老屋。那里不是小区房，如果你想动手，比较容易些，但是……你能打得过他吗？

打？我不屑道。我不怕老人知道，把羽绒服的拉链拉开，你看看这个。

老人的脸怔住了。

小夏，使不得，这样会犯法的。

我不怕。

我说完这句话，给老人递了支烟，算是道别。我必须要付诸行动，否则还怎么做人。老人在后面喊住我，小声说，小夏，那个视频你可得保存好哈，我是冒着可能被辞退的风险偷偷帮你在他办公室里安装微型摄像头才拍下来的。我向他应道，嗯，会的。视频是老人给我的，我不可能不保存好，他也不可能不帮我，多年前，他老伴得了肝硬化，当时缺钱得厉害，要不是我倾囊相助，让他带老伴去大医院治病，老伴恐怕早就离开他了，这份情谊自不待言。那视频我放在一个丽莎根本就想不到的地方，说内心话，那个视频我真不想看，看一次我的心就痛一次，只要是个男人，只要是个已婚男人，我相信看到妻子这样的视频时，都会和我有同样的心理。我之所以还留着它，是想以后如果到了法庭上，我也有证据拿得出来。不过现在看来，根本不需要走到法庭这一步了。

杀了他。我的心里不停咆哮着，我必须要杀了那个贼人。我的步伐不断加快，过了皮革厂，前方道路窄了许多，路两边种满杨树，阴森森的。我有些怕了，说实话，我没有怕过蒙塔，他是我的仇人，我要把他碎尸万段，但我怕鬼。皮革厂后的这座山背后是公墓，公墓建成已经三十多年了，埋在公墓里的死人不下几千个。有一年夏天，我和丽莎同居没有多久，还买不起房子，为了改善生活，我和她决定进购一些菊花来卖，专门卖给前来扫墓的人，十元一盆，插得漂漂亮亮。很久很久以后，我才知道，丽莎和蒙塔就是在卖菊花的时候认识的。蒙塔一口气买了五盆菊花，这个家伙，他家死了多少人，竟然买了这么多。他的家人应该和他一样，都不是什么好东西，他在买菊花的时候就垂涎起了丽莎的美貌。不然丽莎后来为何和他走得那么近，不管丽莎编出多少美丽的谎言我都不相信。丽莎说他本来是个职业医生，如果不是父命难违，早就离开这座县城了，还说他待人真诚，从无架子，主动教他们生产技术，和他们打成一片，为他们过生日，帮助他们改善伙食……

过了林子，路的尽头就是南苑了。南苑这个名字听起来不错，其实是个简单的村庄。糟糕，我忘记问蒙塔的住所了。南苑住着五六户人家，到底哪户才是蒙塔的老房子呢。我打开手电筒，逡巡四周，很简单啊，我这个蠢货，蒙塔是开车来的，只要找到蒙塔的车就能找到蒙塔了。电筒扫过的地方，黑漆漆一片，静得吓人。我不知道蒙塔为什么跑到这里来，这里看起来并不像有人居住的样子。蒙塔那个坏东西，来这里肯定不会干什么好事。电筒光扫到一栋木楼，木楼下面正停放着一辆灰色本田。看了看车牌，我激动不已，这个车牌号我太熟悉了，摸了摸怀里的英吉沙匕首，我想着必须用这把刀结果了他的性命。

门是锁着的，该死的家伙！我试图透过窗户看看里面，屋里拉了窗帘，什么也看不见。他一定不是做什么好事。这么远开车来，没准就是带女人来睡觉。他这种行为叫什么？为所欲为。这和平时电视里的那些有钱的公子哥有什么区别，有钱就可以带风骚的女人出入各种场所？有钱就可以搞别人老婆？要不是看门大爷给我的那个视频，我还真没看出他是个衣冠禽兽。这么多年，丽莎一直待在那个皮革厂里不愿离开，原来是为了他。

我用力推了推门，门锁得很紧，为了不被察觉，我的杀人计划必须通过周密的计划才行。我围着这栋楼走了一圈，大体情况已经了然，现在要想进去，唯一的办法就是顺着墙面的下水管道往上爬。别以为这是一件看起来很丢脸的事情，为了雪耻我无所谓，再说了，那么晚了，谁知道我爬没爬呢？总之，明天早上起来，这个家伙就会出现在新闻头条上，《阳城最大皮革厂董事长之子离奇死亡》，再过几天，报纸上还会登出《蒙塔之死成谜，警方派出精锐查案未果》。为了不让事情出任何差池，我必须戴上手套，毕竟警方是聪明的，在杀死这个家伙以后，我唯一选择的逃脱途径就是下水道了，不能在管道上面留下和我相关的蛛丝马迹。我戴上手套，又给鞋子套上了鞋套。现在，我可以毫无顾虑地爬下水道了。

爬到三楼的时候，我推了推窗子，窗子是活动的，可以推开。我很轻盈地跳了进去，这间屋子是厨房。我从柜台上跳了下去，推开门，根据我多年来进入这里宅子的记忆来看，卧室应该就在厨房的左边，我顺着墙往左摸索，天很黑，不过多少还是透了些光进来。我推了推卧室的门，门是锁着的。我不知道挂到了什么东西，厕所门是玻璃做的，哐哐响。这种旧门，看来真是蒙塔家的老房子了，他爹妈自从发家以后就没有在这里住，怎么可能还会住这里呢？我退进了厕所，糟糕，不知道踩上什么玩意儿，我是怎么滑倒的连我自己都没反应过来。那是一块用过的肥皂，不知道是哪个该死的，用了肥皂也不放在洗手台上。我的膝盖咯噔磕在地上，我爬了起来。不知道蒙塔有没有发现我的到来，我吓坏了，说实话，这是我第一次这样潜入别人家里，而且还是以杀人为目的。要知道，我只是个送快递的。我承认，我对周边所有人的行踪住址了如指掌，可是我还真没干过偷鸡摸狗、杀人越货的勾当。

不行，我还是无法忍受大爷给我的那个视频，那个视频真是太糟糕了。看完它的时候，我愤慨不已。为此，我还和丽莎吵了一架。丽莎哭了，我不知道她为什么哭，明明该哭的是我，作为男人，在我身上发生这样的事情我已经悲痛不已，我和丽莎据理力争，丽莎一句话也没反驳我，她应该意识到这么多年我对她的好，可是她为什么要背叛我，难道仅仅是因为……哦……我不敢想，也不想去想，那太糟糕了，我承认，我是一个可怜的男人。

我又站了起来，摸出匕首，我的匕首随时待命。我亦步亦趋地朝前走，杀掉蒙塔已势在必行。我已经想好了，推开门的时候，我就直接扑上去，刀子要插在他的心脏部位，我敢断定，他是仰着睡觉的。这个方位我太了解了，从他的性格我就猜测他喜欢这样睡觉。我轻轻扭了扭门把，门开了。一阵暖风扑面而来，伴随着的是屋里的气息，我是个男人，男人对男人的气息不是很了解，但对女人的气息简直无比敏感，怎么回事，屋子里扑来的竟然是女人的气味。这种气味不是处女的清香，也不是熟女沉香，而是老女人的味道，老女人身上的味道不知道该怎么描述。我拔出刀，朝前冲去，险些，我就把刀子插在了那个老太太的胸口。老太太是如何醒来的我不知道，她当瞪大了双眼，已经失声，半晌，才发出尖利而又怪异的声音，似乎在喊：啊……贼啊。

我被她吓得两腿发软，急忙溜出卧室，跑进厨房，像只老鼠一样跳上窗户，嗖嗖几下顺着下水管道往下溜，那情形滑稽极了。我以高中时期短跑第一的速度跑出村庄，躲进对面的杨树林里，我看见老太太那栋楼开了灯。楼下传来人们谈话的声音，去哪里了，去哪里了？你看，这个手套是不是小偷留下的，上面是“广达快递”的字样。

真该死，我为什么会用这么一双手套呢。这个老太太应该是蒙塔的奶奶吧，对，蒙塔的爷爷去世多年，他奶奶不愿离开老屋，所以住在这里。不管了，我现在必须藏起来，如果被他们抓到就完蛋了。我决定绕道而行，围着山绕到公墓的另一面，从公墓的正门回家。这样看起来有点愚笨，却是现在最好的法子。

我看了看手表，一点四十。我出来很久了，此时回家，妻子会不会有所察觉呢。不行，我还是在外面待一宿吧。六个小时是怎么过去的，我不太记得了，反正很冷，特别是黎明将近的时候，天空比之前还黑，那个时候我环抱着双手，蹲在一株大柳树和杨树之间，冷风呼呼地吹着……

早上七点过，我进了城，在小区附近转悠，我不能回去太早，回去太早妻子会发现的。待到快九点的时候，我看到了蒙塔的车，这个家伙，他的车子开去哪里？我跟踪了他，他的车子开到我们住的小区门口停了下来，他一定是猜到我昨晚上去暗杀他了。他想做什么，是去查我吗？可是他怎么没带警察呢？

我继续跟踪，他在小区门口的商店要了一包烟，寒风中，他点燃一支烟，黑色的风衣衬得他的身材越发颀长。说心里话，我觉得他挺帅的。怪不得丽莎会背叛我，丽莎背叛我也是情有可原的。反观我自己，长得瘦弱矮小，最糟糕的是……最糟糕的是……我真的不想说出来。

蒙塔在抽烟的时候，还拿出手机拨打电话，他一边打，一边抬头看向我家楼层的方向。这个狗东西，他肯定是在给丽莎打电话。丽莎现在醒了吗？今天是周末，丽莎周末是要睡懒觉的，也不知道她早上有没有发现我不在了。蒙塔打电话的时候吸了几口烟，嘴巴并没有说话的迹象，由此看出，丽莎并没有接他的电话。蒙塔把手机收了回来，塞进裤兜里，他向停在路边的车子走去，开门，进了车。看样子，蒙塔是找丽莎有什么事，只是没有拨通电话而已。丽莎周末会和他做什么呢？一定不是什么好事，孤男寡女在一起，能有什么好事。

我气愤不已，裹紧身上的羽绒服，生怕那把刀露出来。我现在必须回去，说不准丽莎是察觉到了我不在家，她以为是我故意出来的，然后在她和蒙塔约会的瞬间我正好来个现场捉奸，她才没有接蒙塔电话的。我想说的是，她想多了，我完全没有这样想。

不管门卫有没有看到我，我装作什么事也没发生，径直朝着小区走去。我的样子多么滑稽，像个贼一样，我明明是在回自己的家啊。我进了电梯间，到了家门口，8922房间。现在，我到底该不该进去呢？我有些犹豫，如果丽莎发现我才进屋会怎么想，她会不会问我昨晚上去了哪里，我该如何回答。我就说今天临时加班？要去外面送快递？嗯，这个回答十分漂亮。

我输入数字密码，密码是我的生日。门开了，看样子丽莎已经起床了。饭厅就在眼前，桌子上摆有早点，分别是牛奶、面包以及稀饭。我很喜欢喝纯牛奶，这一点丽莎比我还清楚，她总是会在前一天买好最新鲜的牛奶。她是贤惠的妻子，可是她为什么要那样对我呢？最近，她再也不主动行那事了，她已经放弃我了……

丽莎从厨房里出来，看到了我。

楠，你早上去哪儿了？

我去加班了。我撒谎的时候，不自觉地摸了摸自己的脸，我感觉我的脸没有红，也没有烫。

怎么了？看起来那么憔悴。

单位临时有批货有点急，要送，早上起得太早。我朝厕所走去，心想，我现在应该洗漱一番。我感觉我的胡楂比昨天还密集了。

洗洗出来吃早餐，我去厨房给你盛一份。

洗漱完毕，我进了饭厅。丽莎说，亲爱的，想告诉你件事情。我说，你说吧。丽莎说，我们厂的那个经理……也就是蒙塔……他要去美国了，继续修妇产科。丽莎不说这话还好，他说这话我就来气。然后呢？我故意装作很平静的样子问道。然后，我之前不是说他给我做了一次检查吗？只是简单的检查，就是我去他办公室汇报工作，刚好因贫血晕倒，还……还崩漏……丽莎说到这里，我已经听不下去了，我的内心燃起各种烈火，我塞进嘴里的面包有半截露在嘴外，但是我又想继续听下去，我明显感觉我的脸色在变。

他说……他说……丽莎支支吾吾。

我说，他说了什么？我已经很不爽了。

他说，他说我们不该因为那点事闹个不休，他说，他说想和你谈谈，如果你相信他的话，他或许会帮到你。

哦，姓蒙的实在欺人太甚，我实在听不下去了，他这是在羞辱我吗？他简直骑在我头上了。

今天早上我正在厨房做早餐，他打电话来，我没接到。

滚……你告诉他，我和他没什么好谈的。

你怎么了？丽莎用一种不解的眼神看着我。

我不想和他谈，我近乎歇斯底里。谁会理解我呢？谁会理解我这样的人此时的心情呢！我咽下一口牛奶，剩下的半碗稀饭我一点没动。

我故意把筷子用力摔在碗上，丽莎用一种迷惑的眼光看着我。进了屋，我躺在床上，盯着天花板看。良久，丽莎推门进来。亲爱的，她站在我的身边。她躺下来，环住我的头，你不要难过，实在不行，我们再去找个男科医院看看吧，要不，我们去孤儿院领一个孩子也行！

我的眼泪快流出来了，不知道为什么，我心里很难过。我顺势抱着她，一只手悄悄握住了胸前的那把英吉沙刀，我的刀，静静地躺进了枕头底下……

许愿灯走失在下雨的河

我已经无法记起是怎么走出那家舞厅的了，我决定再也不去那个鸟地方，如果是你，你也不会去的。雨下得很大，我没有打伞，雨点滴落在花溪平桥的水泥路面上，噼里啪啦的。我的头发湿透了，雨水像泄闸的洪水般顺着我的脸庞往下淌。我的身后有个声音在召唤着：阿非……阿非……那声音再熟悉不过，我不想理会，我只想赶紧离开，从明天起再也不想看到她。

我是在平桥至花溪二道的路口打的车，车子开到林中月酒店。我在酒店门口买了一包蓝贵，我已经很久没有抽烟了，了解我的人都知道，我是个没有烟瘾的人。我抽烟无非处于两种状态——开心或是不开心。我的手机亮了，是阿冲打来的，这个贱女人，她还好意思给我打电话。她刚才的所作所为让我颜面扫地，愤慨难当。她打电话是想问我去哪里了吗？我不可能告诉她。在摁掉阿冲的来电后，我径直朝着酒店的方向走去，前台小姐客气地接过我的身份证，房间订在了 8011。

接过房卡，我准备上楼，在上楼前，楼梯间的那盆巴西铁格外引人注目，那是一盆翠绿的巴西铁，这种植物在阿冲的家乡种有很多，我无可避免地想起了这个早上还和我喜笑颜开出门的女人。在阿冲的家乡，她的父亲经营着一个花卉大棚，那年暑假，我和阿冲坐火车去过，那是一座靠近湘西地带的小县城。阿冲的父亲花卉种得很漂亮，就像能生出如此美丽的女儿一样。我们在阿冲家的大棚里给花浇水、施肥，以及锄草。给花锄草是很有意思的事情，很多个午后，阿冲都喜欢趴在我的肩头上为我拔除白色的头发，阿冲说，拔白头发和锄草是一样的。我笑了，说以后我老了你也帮我拔吧。阿冲没有说话，阿冲的双手从后面揽住我的腰。我的腰比较宽，她每次做这个动作时似乎都要前倾一些，否则无法抱紧我。这在以前或许是挺温馨的场景，可是现在，我觉得污秽不堪，我的脑海里并不想看到这些画面，不可否认的是它们总是浮现出来。

电梯上行，那株巴西铁隐没在我的视线里。

在8011房间门口，我停住脚步。每次住酒店我都有个习惯，这个习惯可能会持续一辈子。酒店房间不是固定给一个人住的，有时候前台的失误会把没有退房的房间开给客人，造成客人开错房门，这是在所难免的。在我二十二岁那年，去织金县参加一场公职人员招聘考试，那真是一次窘迫的经历，我开的房间是6602，当我刷完房卡推开门时，眼前的情形令我尴尬不已，我面红耳赤，那个赤身裸体的男人身体底下正躺着一个女人。我勃然大怒，这对即将参加公考的我简直是一种晦气，我转身向着楼下快速走去，朝着前台服务员大吼，你们怎么回事？怎么回事？我就是在那个时候认识阿美的，阿美当时二十五六岁。阿美抱着双手站在一旁看我和服务员吵架，她阴下脸说，你们闹完了没有？没完就先给我开房间。那次考试的规模很大，招聘一千人，前来报考的考生达到两万人，可想而知，饭店、宾馆、酒店均是人满为患。前台服务员唯唯诺诺地说，只有一个标间了，问我们俩住不住。阿美看看我，我也看看阿美。两个陌生的异性同住一个房间有损声誉，不过我还是多瞅了阿美几眼，阿美的脸庞白皙，眉清目秀，只是眉宇间多了股盛气凌人的傲慢，这种傲慢在以前我是不买账的，不过那天她无可奈何，我们就这样分摊了房费，住进了同一个房间。那个晚上，我辗转难眠，阿美背对着我躺在另一张床上，她的被子盖得很严实，似乎认为我随时随地都在垂涎着她的美貌。我试图偷偷起床，想悄悄潜进她的被窝，每当我翻身时，我都情不自禁地想起那个可怕的故事，那个故事让我克制了下来。在经过一个安然的夜晚后，我和阿美熟络了起来，第二天考试结束，阿美站在学校门口向我挥手，问我考得怎样。我说一般。她说这里离湘西很近，有没有兴趣去看看。湘西是沈从文的故乡，在翻看过不少中外小说后，我始终更迷恋沈从文的作品。有美女相伴，一路还有欣赏不完的风景，何乐而不为呢？我们在湘西凤凰玩得很开心，我在那里邂逅了自己的爱情，是阿美介绍阿冲给我认识的。那夜的凤凰古镇很热闹，我们看了篝火晚会，在跳《沸腾的苗山》时我注意到了阿冲，阿冲跳完舞来给阿美打招呼，我才知道这个看起来活泼可爱的姑娘竟然是阿美的朋友，阿冲那天和我们打完招呼后就被一个男舞伴拽进人群了……

我承认，那段爱情在今天看来让我恼羞成怒、羞愧难当……

我进了房间，开了灯。这场滂沱大雨将我的衣服裤子淋得湿透了。我必须先洗个澡。我脱掉衣裤进了浴室，手机被我丢在洗手台上。我打开喷头，水哗哗哗地淋下来。淋水的感觉是不错的，很多人在年少的时候都喜欢淋水，不是吗？阿美就是一个比较喜欢水的女人，阿美作为我的红颜知己，几乎什么都会告诉我。她在年少的时候，曾经喜欢过一个男孩，男孩的身高和我差不多，大概有一米八的样子吧。起初阿美对那个男孩是没有兴趣的，那会儿他们还在念高中，男孩有意无意地说些黄段子，周边的男生笑个没完，阿美也觉得很好笑，但是每次她都忍着不让别人发现。一次，班里的男生起哄，说你能逗乐阿美吗？如果你能逗乐她，我们就请你喝啤酒。那天，阿美在听了一个冷笑话后咯咯咯地笑了出来。坐在周边的男生都没有笑，他们觉得这真是一个低级且没有技术含量的笑话，到了阿美这里怎么就能笑出来呢？那天，阿美的心里是开心的，那个男孩得到了别人的请客，当然，男孩为了感谢阿美还带阿美去了周边的小餐馆吃了一顿。我说，如果说这算是爱情的话，那么全天下的普通男女友情都可以当作爱情了。阿美说，不是这样的，之所以爱上那个男孩，是因为她发现了那个男孩的秘密。男孩是单亲家庭，母亲在男孩十岁那年就离开了他，这多么不幸，但男孩没有对生活抱怨过，男孩的父亲在工地上干泥水工，男孩读到高中以后就利用周末的时间在工地上帮助父亲打零工。

我说，这真是一个不错的男人，那后来呢？你们为何分手？

阿美说，某年夏天的午后，男孩子退学，当兵去了。男孩被分配到新疆，那里缺水，男孩长年都坚守在草原和戈壁上，定期会给她邮寄信件，信里写满各种关于那里的趣事。开始的时候，阿美很喜欢听那些趣闻，久而久之，她开始厌倦了，她发现自己的大学生活和军旅生活格格不入。大学时候，她喜欢上了一个男人，那个男人要了她的初夜。她的第一次是在水中进行的，阿美说到这里，嘴角不露声色地流露出难掩的羞涩。我无法想象，一个男人和女人在水里是怎么进行那事的，难道是青蛙吗？我的家乡有很多青蛙，它们在夏天的时候，喜欢躲在池塘的荷叶下面呱呱叫，青蛙叫得最频繁的时候，人们只要丢一块石头下去，就会看见两只青蛙抱着腰在荷叶间跳跃。我和阿冲尝试过那种感觉，怎么说呢？很美妙。阿冲说，夏天的雨水是很美好的，她想去浙江，在浙江能感受到梅雨时节的潮湿气息，那种气息扑面而来，带着某种莫名的海腥味，这种味道只有生活在内陆地区的人才会觉得稀奇。我问过阿冲，你闻到我的味道时是怎样的？阿冲乜我一眼，就是经常不换衣服的汗味。

我现在没有汗味了，连身上的雨水味道都被我洗得干干净净。我走出浴室，房间里的电视是开着的，酒店里的电视都是这样。眼前的节目并不好看，一个老牌的综艺节目，叽叽歪歪的一群年轻人，在玩一些毫无意义的游戏。我拿着遥控器换节目，换来换去都没换到一个好看的，我决定还是看看电影吧。我打开手机，是阿冲的两个未接来电以及一条短信息，她问我在哪里。果然不出所料，她开始急了。我想点开视频播放器寻找电影，她的电话又来了，铃响了六七下后，我决定还是接吧，不知道为什么，我每次都心软，不过这次，我是铁了心的。

你在哪里？她开口的第一句话就这样带着质问性的语气。

在哪儿不在哪儿和你有什么关系？

你听我说，难道在你眼里我就是那种人吗？

我已经思考得很清楚了，况且眼见为实。我挂掉电话，还好意思说自己不是那种人？这个臭女人，如果不是我发现得早，她还不知道会骗我到何时。被人骗是一种很不爽的滋味，特别是最信任的人。阿冲曾经趴在我的肩头说过很多甜言蜜语，那时候我以为只有男人会花言巧语，原来女人也会。阿冲说，阿非啊，你是不是从《小李飞刀》里面走出来的“阿飞”呢？你那么帅，还那么有才，知道我为什么喜欢你吗？不是因为你个子高，也不是因为你帅，而是因为你会写诗。我这辈子最崇拜的诗人就是泰戈尔和普希金了，还有北岛，我以为诗人是离生活很遥远的“生物”呢，直到遇见你，我才知道我的生活那么有意义。那时候我感叹阿冲是个有品位的女孩子，她和那些只迷恋名牌包和名牌手机的女孩不一样，她脱尘出俗、美丽动人。呵呵，直到今天我才意识到，当时的我多么可笑，她还喜欢普希金，还喜欢北岛，她知道诗到底是什么吗？她不要糟践和侮辱诗歌了。阿冲还告诉我，她要诗意地活着，她想买一处向南的房子，这样每天她都能侍弄花草，她想把墙刷成粉红色的，还有，窗帘一定要好看，阿冲把未来几年的事情都构想好了，她还说要在楼下的幼儿园旁开一家儿童用品店。

阿冲倒是很喜欢小孩子，这一点不假，或许她就是把我当小孩子哄吧！我拿着遥控器换了几个台，不是娱乐节目就是韩国泡沫剧，还有七七八八的广告。说起广告，我最讨厌的就是那些投机取巧的商家，喜欢植入新概念，搞什么“双十一”“双十二”，每次借助这种机会鼓动广大男朋友为女朋友买东西，诸如“爱她就为她买这个那个吧”，让人眼花缭乱、无所适从。说实话，我在阿冲身上花了不少钱，要知道我们在一起两年了，去年过“双十二”我就为了她买了条铂金手链，足足花了五千元，其余的就别提了，现在觉得真是不值得。电视里面播放着一则移动电话广告，阿冲是学汉语言文学专业的，在她快毕业的那个学期她去了县城实习，在一所中学教书。为了节约话费，我当时把她手机拿去移动营业厅办了升级版的套餐，每月两百多元的月租，随她怎么打电话都打不完。那段时间阿冲总是在课后挂我电话，我打进去她就说自己很忙，要批改作业，而每月她的话费总是不够用，这让我很生气。她让我给她充Q币算了，不要充话费，我不知道她一个女孩子不玩游戏不开黄钻蓝钻她要Q币做什么。我和阿冲为此吵了好几架，我觉得她在冷落我，她说我不理解她。

我也觉得她不理解我，真正理解我的女人只有一个，那就是阿美。阿美在快要毕业的时候没有阿冲那么倒霉，阿美被分配到省城内一所小学教书。时不时地，我还和阿美共进晚餐。阿美是个很有爱心的姑娘，她说以后毕业了，争取留在那所小学授课。她喜欢孩子，看见孩子们笑，她心里就很开心。我说，阿美，你是不是还喜欢我笑呢？阿美垂下眼睑不说话。我曾经看过阿美在豆瓣上写的文字，有些文章还被时下青春文摘刊物转载过，在她的文字里，我总能找到我的身影。阿美说，才没有呢，你想多了。

我现在突然后悔起来，那个遥远的下着雨的晚上，阿美趴在我的胸口哭泣，如果那个时候我不是因为情结作祟，如果我果断地选择了她，今天的事情是不是就不会发生了？阿美告诉我，她被那个夺走了她初夜的男人欺骗了。这需要一种怎样的勇气？犹如后来我告诉她，阿冲可能在外面有人了一样，也是需要勇气的……

我的电话又响了，嘟嘟嘟的，是阿美打来的。她总是这样，每次在我最困惑最窘迫的时候，她都能恰如其分地出现在我的身边。

我接了电话。

喂，阿非啊，你在哪里？

我听到了雨声，阿美一定是在找我。

我在酒店。

哪家酒店？

你要来找我？

是啊，我们都快急死了。

你们？你和谁。

我……我和阿冲，对，我和阿冲。

我挂了电话，不想说话。阿冲还有什么资格来找我？她做出那样污秽不堪的事情。如果不是我亲眼所见，我是万万不敢相信的。阿冲不是能说会道吗？不是说爱我如初吗？为什么现在连句清楚的解释都没有？我是想听阿冲的解释的，尽管我知道阿冲解释了我也不会相信。我当然希望这一切都是误会，可眼见为实的事情能是误会吗？我下意识地注意了下手机，没有阿冲的任何短信，我又点进微信，还是没有阿冲发的任何信息，或许阿冲也觉得疲惫了吧，她在我面前伪装了这么久，能不累吗？

阿冲能为别人写一长篇文章，为我写那么几句解释和道歉词都不行？我把电视换到了贵州卫视，里面放的是一栏考古节目。考古节目是比较有意思的，考古学家通过遗漏的蛛丝马迹找寻历史的真相。这多么像爱情里面的智力游戏呢！我决定不再换台，节目里讲考古学家们发现了一所黔北古墓，古墓位于遵义市以北的新浦镇，墓穴内出土了不少金银铜器，初步断定为南宋播州土司杨价的，这项考古发现对国人研究宋朝历史具有重要意义。

怎么说呢，不探索就不会有发现，有发现总会有意义。当初阿冲去实习以后，我开始不断想念她，我逛她空间的次数与日俱增，连她的豆瓣我也逛得乐此不疲，她爱在上面发一些短文章，都是些情绪化的东西，不过看的人多，我也起劲，经常去给她点评。我就是在点评时发现的端倪。一个叫“枫林过客”的用户几乎对她的每条日志都评论，全是好话。我想看看这个用户是什么人，长什么样子。在查看“枫林过客”的用户信息后，我只能断定对方是个男的，点开他的相册，里面全是风景和美食图片，怎么办呢？一张图片吸引了我，图片上一个烧烤摊子，摊子上留的是烧烤老板的电话，我把烧烤老板的电话输入自己的手机，显示的归属地为铜仁市沿河县，这让我苦笑了，由此可见“枫林过客”就在阿冲实习的县城，而且“枫林过客”很有可能还在深夜带着阿冲出去吃烧烤……

我的手机又不合时宜地响了起来，是阿美。我瞥了瞥窗外，窗帘挡住了外面的光线，我摁了摁遥控器上减低音量的那颗键，雨声渐渐明晰起来。电话接通了。

我说，怎么了？

阿非，你在哪里？我有事找你。

什么事？

你先回答我你在哪里，有些事情我觉得我们需要说清楚。

你和我有什么事需要说清楚的？我纳闷了。现在需要和我说清楚的是阿冲，阿冲出卖了我，背叛了我。

有些话我憋在肚子里很久了，我想你也是，今晚上是情人节，我本来想给你惊喜的，但是，我找不到你。

这个……阿美的话让我不明所以，她想给我什么惊喜，她有什么话想跟我说呢？难道她不是阿冲派来的说客吗？

好吧，不过我现在心情不太好，我在林中月酒店，你来了就直接到8011房间吧。

我挂了电话。阿美到底找我做什么，我在心里寻思着。阿美是比较能把我挂在心上的人。这么些年，过圣诞节阿美会给我包苹果，过生日会给我订蛋糕，就在前些日子，阿美过生日了，我竟然没有想到她，我的心里终究是装着阿冲的。阿美把我带去花溪的一家小茶吧喝奶茶，她说那天是她生日，我才反应过来，当时手足无措，我说我给你买蛋糕去吧。阿美笑笑说，有你陪我过就可以了，我都不注重那些东西的。那天晚上我们沿着花溪河不停地走，走了很久很久，我们看见河里有花灯，我说，阿美，今天是你生日，你该许个愿的，要不要我给你点一只花灯？阿美转过身来，她看向对面广场上玩耍的孩子们，孩子们正骑着自行车嬉闹着。

阿美穿着咖啡色的呢子大衣，披着长发，风轻轻拂动，我看见她的眸子很漂亮，在灯光的映衬下显得更加清澈明亮，还有眉毛，黛青色的，清秀。这么多年，我第一次发现阿美那么漂亮。阿美闭了眼，双手合十，她说许好了。阿美冲着我笑，要是阿冲知道你陪我过生日，会不会在沿河生气啊？我想起了沿河，沿河离花溪真远。突然间，我仿佛快忘记了阿冲的模样，感觉阿冲在我脑海里越来越模糊了。我说，点一盏许愿灯吧。阿美的笑容黯淡下来，不点了。那一刻，闪现在我眼前的是阿美曾经说过的事，许愿灯寄托的心愿，犹如她曾经给在新疆当兵的男孩写了那么多信，那些都是走失了的许愿灯吧。阿美和我走回宿舍楼下时已经很晚了，她低声说，可以借你的胸口靠下吗？阿美靠在我胸口的时候，我感觉她的眼眶是湿润的，我不知道她心里装了什么事，我想搂紧她，想疼惜她，可是我的手不知道该放在哪里，我不能忘记自己的身份，我还是阿冲的男朋友。我想起和阿美初次见面，在织金县参加公考同住一个房间的那个夜晚。如果当时不是关于外祖父那段可怕的故事在我脑海里闪现，恐怕我都潜进阿美的被窝里了。外祖父在年轻的时候，曾经去过水泥厂做工，那时候水泥厂外有个小卖部，开小卖部的人是个寡妇，外祖父在那里买烟，和寡妇好上了，据说才得了一晚上，就当场死了，两人都很惨。这个故事从小就成为家族讳莫如深的事情，不过这也给我们年轻人做了提醒。我后来常常想，要是当初我对阿美做了那事，我们会变成恋人呢，还是会变成陌生人，又或者是仇人？

阿美不管大大小小重要节日总是会想起我，这一点阿冲就不同了。开始恋爱的那年，我们会过情人节，庆祝彼此的生日，还有商家炒作出来的新节日也过。时间久了，就变味了。直到那次事情发生以后，我对阿冲的态度大不如前。在那件事情发生之前，种种迹象就已经显露无疑。我说，阿冲我要买房子了，我们买在哪里？阿冲说你买你的，关我什么事？我的心里就冷了，我清楚地记得阿冲说过，自己想买一处向南的房子，涂粉色墙，楼下是幼儿园。我在朋友圈里晒朋友送的“网上生日礼物”，并没有引起阿冲的注意，阿冲似乎忘记了我的生日，我后来提起，她说，啊，不好意思啊，这几天太忙了，学生要考试，忙得焦头烂额。阿冲说自己很忙，而我闲得很，有段时间我怕她顾不上吃饭，就偷偷跑去她的学校打算做饭给她吃，她对我的到来并没有感到惊喜，反而给我一个冷眼，谁叫你来的？多管闲事！我悻悻地回到了阿冲的宿舍，在阿冲的宿舍里，我发现了床头上的一只小熊，阿冲去实习时是我陪着去的，那只小熊不是我买的。我拿起来看，被阿冲一把抓去丢在床上，有啥好看的？一个女同事送的，我晚上还有课，你自己下楼随便吃点，不用等我了。阿冲说完，就拿起书出了门。再后来，她过生日，我给她买好了礼物，连夜坐火车出现在几百公里以外的沿河。我以为我的出现会让她惊喜万分，我想着她肯定会感动得喜极而泣。可是我想多了，当我感到时，原本开心的她脸色黯淡下来，那一刻似乎我的到来很煞风景。她对我精心准备的礼物毫不在意，在旁的人都替她高兴，只有我自己能感受到在我眼眶里打转的泪水……

我把电视关了，我关电视的原因是我的心需要静静。我情不自禁地看了看手机，手机里没有阿冲打来的电话，也没有阿冲发来的信息，我以为她会和我联系的，她竟然没有。或许在她看来，我早就可有可无了。

门铃响了，我开了门。站在门外的不是阿冲，是阿美。

知道我为什么找你吗？阿美的头发湿透了，身上淋着水，她喘着粗气，她的手里拽着一个文件袋，你先看看这个吧！

我一把拽着阿美进了屋，我不想看什么文件袋，现在对我最重要的是她。此时我的心里告诉我，一直守在我身边的是阿美，我需要她，她或许也需要我，有些东西我们隐忍了太久，是到了该表达出来的时候了。

我抱紧阿美，阿美反常地挣脱着，你看看那里面的东西吧，看看吧。我给你买了礼物，可是在街上找你的过程中弄湿了，雨实在太大了，阿美从挎包里摸出一只盒子，那是一只手表，手表很漂亮，看上去做工精致。

希望你能喜欢！阿美用一种满怀期待的眼神看着我。我才买好东西，就遇到阿冲，阿冲和她一个朋友路过那家手表店，她给了我这个，她说有些话需要对你讲，全在这里面。阿美指着被我丢在床上的文件袋说着。

文件袋被我打开后，我看到了那张妇检报告：

姓　名：何冲　　性　别：女　　年　龄：22

申请科室：***　　检查部门：产科（2）初孕　　门诊号：***

超声所见：

子宫前倾位，增大，……

超声提示：

宫内妊娠，单胎。

报告日期：2017 年 2 月 8 日　　　　　　　　医生：孔维海

事情发生如此突转性的变化，我顿时感到手足无措！怎么回事，这是怎么回事？孩子是我的？不可能，上面显示的是初孕，这段时间阿冲一直在拒绝我，我们已经很久没有相见，要不是这次过节，我想她不会从沿河赶来贵阳的。

我们不可能……

她在楼下，你去见见她吧，或许她能跟你说得清楚些。

我没有说话，我不知道该说什么。我撕掉了那张检查报告，不管报告是真是假，不管孩子是谁的，这些都和我没有任何关系！我紧紧搂着阿美，我现在只有阿美了。阿美静静靠在我怀里。你还记得那次篝火晚会吗？那时候阿冲其实还没有彻底分手，那个拽她去跳舞的就是她前男友，她前男友先你毕业，一直在沿河工作。

我现在不想知道。我瞥向窗外，外面细雨淋淋，我看到了有个女人站在对面的交通车站牌处，那个人我再熟悉不过了。她可能看不到我，也有可能看得到。我搂着阿美朝窗边靠近，伸手把窗帘拉了起来。

要是当初我勇敢点，要是我也像她一样主动点，要是我狠下心来告诉你她当时只是把你当作一种寄托，事情就……

我不知道该怎么接阿美的话，我只想抱紧阿美，准确地说，我是希望阿美抱紧我。我开始搜寻她的唇，灯光昏黄，我想，或许站在外面的人已经看到了我们亲吻的画面，是的，这画面一定映在了窗帘上。那人就站对面的公交车站牌下，那人应该明白了我的意思吧。我已经不用再向那人交代太多。

我们下楼吧，我说。

她有苦衷的，阿美补充道。

阿冲能有什么苦衷？我不想去想，也不想问。这种苦衷可能很多人说出来都大同小异，我已经没有要去追问这件事的欲望了，这么久了，从阿冲对我各种态度的转变，我早就该理解到了的。就拿两个小时以前吧，阿冲进入灯火闪耀的舞池后，我去了洗手间，我以为她会站在人群里跳舞，可是厕所里传来的声音让我惊诧不已，我更不敢相信，当我猥琐般地站在马桶上，偷看到她和那个男人的龌龊行径时，内心几乎要崩溃和疯癫了，我承认，当时我确实砸了厕所门，要和那个男人大干一场，要不是那几个臭保安把我架出来，或许我和他有一个会成为残废。

我已经不想去想了，夜已经很深了，我和阿美走下楼，对面的街道依然繁华，有许愿灯在花溪河里游过。

我说，阿美，我们许个愿吧。

阿美把灯点亮，双手合十。我看见阿美的嘴角上扬，她睁开双眼，在灯光的映衬下，她的眸子看起来那么明亮，那么清澈。

我许了，到你了。阿美冲我笑笑，眼睛里似乎泛着光。

我却不知道该许什么。我的对面人声嘈杂，那里面一定也有很多人许过愿，而许多愿望也一定像今晚下过雨的河流一样，流淌过很多地方。

来糖果屋的陌生女人

1

张欣怡找我的方式很特别，不用 QQ，也不用微信，更不用电话，而是用邮件。我说，张欣怡，如果有一天我不用信息工具了，你还能找到我吗？她把怀里的猫轻轻放下地，猫轻盈地跳上沙发，钻进我的怀里。它很乖顺，喵地叫了一声，我抚摸着它柔顺的毛，就像抚摸着张欣怡的秀发。

张欣怡伫立在窗口，她的目光投向对面的大楼。你有没有想过，某天晚上，你睡的卧室或者阳台正被另一个人用望远镜监视。你就是用这种方式查探我的动向的？我笑了，在猫的屁股上拍了一下，猫有些不高兴，伸出前爪要挠我的裤子，在撒娇。

我要查探你的话，不需要望远镜。张欣怡说这话的时候，信心满满。

好吧！那你帮我查个人好吗？

谁？

一个女人，来我的店里很久了，可是我就是不知道她是谁。

来你店里的女人很多，你不可能谁都认识。

她比较独特。

我和张欣怡下午五点半到的店里，这是糖果屋生意最好的时间段。时逢街尾那所小学放学，孩子们冲出来，总有一些小孩会在隔壁文具店买完文具后来我的糖果屋。他们选得最多的是棒棒糖，很大的那种，说句良心话，这种糖更适合看不适合吃。糖果屋的糖果品类挺多，除了棒棒糖、牛奶糖、跳跳糖，还有桂花糖、淀粉糖、太妃糖、QQ糖等。

糖果屋晚上九点打烊，有一个月了，每天晚上八点左右，都会有一个女人来买糖，她要的糖比较普通，也比较便宜，都是常卖的硬糖。这种糖我已经不习惯吃，准确地说，自从我盘下这家糖果屋后，我就不像小时候那样爱吃糖了。小时候看《格林童话》，格雷特兄妹被继母扔在大森林里，后来迷路了，他们在寻找出路时无意中闯进了一间糖果屋，没想到那是女巫占据的地方，为此险些被女巫抓走吃掉，最终他们凭借勇气和机智逃脱了女巫的魔掌。那时候我常常想，是不是每个卖糖果的地方，甜蜜的背后总有着不可示人的秘密，不管是在买“唐僧肉”，还是比巴卜，又或者是萝卜丝，我都会潜意识地多瞅瞅卖东西给我的阿姨。

快八点了，怎么还不来？张欣怡把那杯熊猫奶盖的吸管抽上来又放下去，似乎没有喝的意思。

我说，再等等。

八点一刻，女人从黑暗中走了进来，她推开玻璃门，双手呵着气，显然是有些冷。给我称半斤硬糖，她朝柜台的服务员说道。

半斤？她能吃这么多？张欣怡被吓到了。

半斤并不多，有天她还买了两斤。

女人在等候服务员称糖，糖果屋开有暖气，她似乎感觉暖和了些，原本缩在袖筒里的手也愿意伸出来了。

七块钱。服务员把糖果称完，递给她。

女人从大衣兜里摸出一叠钱，几十到一百不等，她递给服务员一张十块的，服务员熟练地找了她三块零钱。

这有什么奇怪的？很普通的女人啊！女人接过零钱走出糖果屋的间隙，张欣怡吸完一口奶茶。可是她每天都来买，你不觉得奇怪吗？谁家天天吃糖，而且每次需要半斤。或许她小孩多。再多也不可能，有常识的人都知道，小孩吃糖太多会有蛀牙，再说了，哪个小孩能天天吃，不腻？张欣怡觉得我的话有道理，连她也纳闷了。

我说，张欣怡，这点你都想不到，亏了你的智商还一百四。

人总是会有犯糊涂的时候，就像你做过的那些事，我不是也装糊涂吗？

张欣怡这样讲，我不知该说什么了。我的那些事只有玩得好的哥们儿才知道，我一直以为纸是能包住火的，更相信我的兄弟们守口如瓶，可是张欣怡怎么知道的？最主要的，是她竟然能隐忍得若无其事，想想，真可怕。

我说，张欣怡，我们还是跟那个女人去看看吧。

我和张欣怡走出糖果屋，顺着太平街一直往西走。灯光昏黄，女人在一家格瓦斯饮料专卖店门口止步。

2

在格瓦斯饮料专卖店，女人没有进屋。南方冬日的晚上，空气潮湿，巷子里充盈着雾霭。卖东西的老头撩开门帘，把装在塑料袋里的两瓶格瓦斯递给女人，女人接过，付钱，抱在怀里继续往前走。

她去哪儿?

不知道。

我和张欣怡保持距离，亦步亦趋地跟着女人。七拐八拐之后，女人走进了一栋南方常见的废弃木楼里。从女人关门进院子的情形来看，显然是轻车熟路。木楼的所在地有些偏僻，站在此处，完全感觉不到太平街的繁华与热闹，恍如置身另一个世界，时光应该倒退了好几十年。

这女人是干什么的?

我怎么知道?张欣怡没好气地说道。她俯下身，凑到了那栋楼的门口，试图朝门缝往里瞧。我也跟着凑过去，门很严实，什么东西也看不清。张欣怡转过身来，像是充满警觉似的环视了下四周，我总觉得这个地方不安全，我们先走吧。我突然觉得这不像我认识的张欣怡，和她相恋两三年了。她看起来眉清目秀，性格与长相截然不同，大大咧咧的，单位搞演讲比赛，二话不说就上，搞舞蹈比赛，领导要求拿名次，她也从来没畏惧过，现在说出这样的话，着实令我吃惊不小。

我没有理会她，正欲用力推门，想推出个门缝看看里面情况，张欣怡拽住我，真的，我们走吧，我总感觉这里不安全，感觉像有人在监视我们一样。

笑话!我瞥了她一眼。现在谁还能监视我们?明明是我们在监视别人。

反正我不管，我要走。

张欣怡的脚跨出台阶，被我一把拽了回来，她反过来拉我，我的手不小心碰到门头上的大环，搞得咣当响。门立刻就开了，站在门内的是个女人，这女人就是买糖果的女人。女人看我们的眼神我无法描述，怎么讲呢，反正让人发怵。

不好意思，不好意思。我朝里屋的女人道着歉，一边试图观察这个院子。

哎呀，姑娘，你就答应了吧，一百，一百行吗？我把手搭在张欣怡的肩上，手伸得很长，能下垂到她胸部的位置，当然，我也毫不客气地在上面捏了一把。就这样，我搂着张欣怡朝巷子尾的方向走去。

我是在各种不情愿的状态下被张欣怡揪住耳朵的。给老娘讲清楚，你从哪儿学来的这些？还熟练得很啊！

我能从哪儿学，电视里经常看啊。

你继续编，你以为像你平时写小说！他们给我讲起初我还不信，现在真是不信都不行了。

我不敢保证张欣怡到底清不清楚我的那些事，仔细想想，和我一同去过水汇的人里面，只有同事王明德是她认识的，不出意外的话，一定是王明德走漏的风声。

那厮去水汇比我还积极，每次都是他主动提出来，请客倒是请过一次，不过多半时间还是我开钱，俩人同洗同住，有些时候第二天早上才回去。他不可能走漏风声啊？他还没女朋友呢，这样讲出去对他有什么好处？

我真给你保证，我绝对没有！我举着手做出发誓的样子。我知道，对付女人，尤其是这种在乎你的女人时，不管是何种情况都得打死不承认。

张欣怡看我的那种表情怎么讲呢，她眼里有审视，也有怀疑，更有难过，看得我发怵。

我说，欣怡，你要相信我。你猜我刚才看到什么了？

你看到了什么？

一个小孩，一个五六岁的小孩吧，正坐在那个院子中央，在看一口井。

这很正常。

你觉得正常吗？从院子外面看过去的话，那里面的屋子并没有开灯，那个小孩为什么会坐在院子里看一口井？多危险的事情。

我和张欣怡带着各种疑问绕到糖果屋门口，糖果屋此时已经打烊了，服务员下了班，我也不打算再进店里。我说，欣怡，要不我去你那儿吧。张欣怡瞄了我一眼，那意思不言而喻，不过瞄归瞄，没有反对。

3

我从地板上捡起张欣怡的内衣，放在床头柜上。张欣怡像一条鱼一样躺在我的怀里，全身如锦缎般柔滑。

我说，怎样，是不是很厉害？

去死。

张欣怡狠狠揪了下我的脸，把头埋进我的怀里。

我知道她一定是害羞才这样讲的，她才不希望我死，我死了她怎么办？我的心里美滋滋的，有种战士凯旋后的胜利感。张欣怡放在床头柜上的手机此时不合时宜地响了，响声不大。微信提示音。张欣怡拿过手机，不知道看了什么信息，笑得合不拢嘴。

太好玩了。

什么东西那么好玩?

没什么。张欣怡把手机歪朝她的那一边，我看不真切。

不会是哪个帅哥给你表白吧?

要是帅哥就好了，是女的，姓张。

张欣怡这样讲，我不好再问什么。

是王明德的一个朋友，张欣怡补充道。

王明德?我在心里发了个问，有些惊讶，怎么张欣怡连王明德的朋友都认识了?张欣怡和我谈了两三年，我们有过很多让我感动的事情。有年冬天，匀城飘起大雪，我开车从匀城回阳城，不幸的是，与一辆迎面而来的面包车相撞，当场昏迷。醒来后，我躺在匀城人民医院，一连两个月，都是张欣怡守在我身边。直到冬雪融化，匀城的春草发芽了，我才慢慢下地走路。那时候我还在想，要是我就这样死了，她怎么办?我的生命不仅仅是我自己的。

有句话怎么讲，好了伤疤忘了疼。张欣怡不是我的疼，也不是我的伤疤，是糖。可是人要是天天吃糖，就不知道糖到底是什么味道了。渐渐地，我发现和张欣怡的相处让我发腻，这种腻是发自内心的，我开始不喜欢接她的电话，不喜欢和她吃饭，不喜欢做任何事。

为何后来又好了呢?这和去年张欣怡家发生的那次变故有关。

睡觉，关灯!张欣怡把手机放回床头柜，缩进被窝里。

我关掉灯后，辗转了几次，毫无睡意。脑海里浮现起巷子里那栋老房子来，以及那个陌生女人看我的眼神，那种眼神在恐怖电影里面出现得最多。我说，你有没有觉得那个女的很奇怪？怎么奇怪了？我当时没敢看。你胆子不是挺大的吗？一个女人住在那么偏僻的地方做什么？而且还每天买那么多糖，最主要的，是我看到了里面那个坐在井边的男孩。

张欣怡转过身子，那你说，她是做什么的？我不知道，不过我觉得事情没那么简单。这让我想起一则新闻。什么新闻。关于莞城的，我也不知道新闻是真是假，有些长，偏纪实性的稿子，前些时间在微博上看到过。你翻出来我看看。

张欣怡伸手到床头柜拿手机，我看到屏幕上有个微信回复。是王明德回复的一个表示再见的表情符号。很快，张欣怡滑动手指跳过了微信。她打开浏览器进了百度，通过历史网页找到了那条新闻，标题很醒目，叫《莞城打工男子失踪五年，家属找到后发现惊天秘密》。

我说，张欣怡，这种信息你也浏览？

你看看就知道了。

我是带着一种好奇心、愤恨心同张欣怡看完那则新闻的。我说，欣怡，应该不会是这样的吧？不一定，或许这个女人就是这样的人呢？谁也说不准。我不知道张欣怡的猜测对不对，我认为那个女人应该不是那样的人。小时候看《格林童话》，让我觉得很多美好事物的背后不一定就是善意的，就像《糖果屋》那篇文章背后的故事一样。

我说，欣怡，你断定那个女人真会做那样的事？

我不知道，也有可能她不是我们想象的那样呢，比如大隐隐于市，收养几个孩子，然后给他们买糖果，这也不是不可能的。

张欣怡说的话等于没说，我决定还是白天再观察下。

4

糖果屋八点半开门，有些小孩会准时来买糖。

我说，小朋友，糖吃多了要长蛀牙的。是个胖胖的姑娘，她对我的话不以为意，自顾自地扫视着货架上的各种糖果，在寻找有没有中意的。我说，下个月我家店就改版升级了，会卖很多好吃的哦。卖什么？小孩用一种呆萌的眼神看着我。我想了想，说，甜点吧，比如双皮奶、鸡蛋布丁甜点、芒果班戟、雪媚娘等等。我如数家珍地数了一番，事实上我自己都不知道店里到底能不能做出来。但这些都是张欣怡平日里最爱吃的，我再熟悉不过了。说到张欣怡，她一大早就出门了，说是有闺蜜约去喝茶。想想她的日子比我好多了，我不仅要自己创业，好不容易经营着这么一间店，还得考虑如何壮大它，让它在竞争日益激烈的市场背景下生存下去。张欣怡不同，她大专毕业，顺利考进县城一家幼儿园做幼儿教师，过着朝九晚五的日子，孩子们放假，她也可以放假，能晚睡晚起，和我的生活节奏简直天壤之别。

不喜欢。胖女孩自言自语道，他一定也不喜欢。

我说，小妹妹，你要买给谁吃?

我也不认识，一个小男孩。

不认识？男孩?

是的，前几天他还在我们家楼下呢，他有几天没来了，说好要陪我玩的。

那他一定有别的事情。

不知道！那个女人好凶。

女孩的话把我听得云里雾里，我想问问是怎么回事。外面有人喊她，小凡，还不走？马上迟到了！胖女孩说，我得去学校了，中午来看看。她转身朝着学校的方向奔去。

我说，这女孩很奇怪啊。店里此时只有我和小申。小申是店里的服务员，他接话，有什么奇怪的，小孩子不是都这样嘛？小申说这话，我就觉得他没什么童年了。对了，楠哥，你今天不陪欣怡吗。她？她有人陪，大早上就出去喝茶了。喝茶的女生比较少，说明她这半年算是走出来了。

小申的话我明白，张欣怡或许是真的走出来了吧。一年前，那次家庭变故使张欣怡陷入迷惘。也正是从那天起，我才发现爱一个人有这样几个阶段，开始是有点甜，像蜂蜜，浅尝辄止；下个阶段就是像糖果，像蜜罐，这种甜会维持一段时间，但不会太久；到第三个阶段，就是蜜罐已经发霉了，实在不想继续吃下去。我对张欣怡就是这种感觉，腻得慌，直到她和父亲争吵，为父亲背叛母亲愤愤不平离家出走，我才发现自己那么需要她。我到处找她，她因为情绪失控，把车开进路边水沟里，险些翻车丧命。

那一刻，我发现自己原来是那样地深爱着张欣怡，照顾了她整整一个月。从那以后，我对张欣怡的态度大有改观，张欣怡对我的态度也有所改变，变得更加从容。这种从容很多时候被我定义为是对爱情的淡视，毕竟父母离婚不算小事，遭受打击也是情理之中的，说白了，就是反而把我看得淡了些。

我说，小申，这个月店里的账扎过没有？

还没呢！

那你安排下，下午扎下账。

小申张罗着店里的生意，我陷入了沉思，望着门外来来往往的行人，顿觉世事难料，人也难料。我们每个人都不知道下一刻将要发生什么，而每个人，背后都有一段看起来和他气质不相符的故事。张欣怡昨晚给我看的那条新闻，在我脑海里挥之不去。

那个男人二十岁出门，从安徽来到莞城，在莞城的一家皮鞋厂做工。下班之余，他用手机开通了一项热线节目，相当于婚介之类的，那时候还没有 QQ 等先进通讯工具，借助那个婚介平台，人们能找到中意的姑娘。

男人听了一个星期后，被一位女孩的声音所打动，决定约出来见个面，而那个见面却改变了他的一生。如果不是十年后家乡人的那次偶然发现，父母亲是不会发现这背后的惊天秘密的。

不过，我总觉得世界虽大，这个陌生女人应该不会像张欣怡猜测的那样吧。

5

中午放学，我守在店门口，观察着如潮水般汹涌而出的人流，我想认出早上来店里准备买糖的那位胖姑娘，不知道为什么，我对她有种说不清道不明的兴趣。

她没有食言，十二点一刻来到糖果屋门口。哥哥，我要一盒桂花糖。胖女孩指着柜台上的一盒样品说道。我说，买给那个你认识的小男孩吃？不是，我自己吃。他应该不会来了，那个阿姨好凶。我说，哪个阿姨？她说，喊小男孩吃饭的那个啊！

我让胖女孩带我去她家楼下，那是太平街附近的一个小区，小女孩站在小区门口的一处花坛边，指着说，就是这里了，他以前每天晚上六点半准时出现。女孩说这话的时候，叹了口气，好像有什么事很遗憾。我说，那后来呢？后来啊，后来再也没见过他。我说，他来做什么？画画，他画得可好了。

女孩伫立了几分钟，说饭点要到了，该回家了。我说，你回吧。我站在小区门口不愿离去，对面是城中心，隔着一条河的距离，繁华喧闹。霓虹灯闪烁，城市的建筑在河水里倒映着，像我的心事。

张欣怡和我看的那则新闻在我心里作祟，隐隐地，我的心里有着一种不安的情绪。我决定给她打电话，这个贪玩的姑娘，和几个闺蜜出去嗨了一天，也不和我联系。

电话通了，我问，欣怡，你吃饭没？在吃呢！那你不叫我？你又不用吃，你好好思考下前几天的事情吧，哦，不对，是思过。欣怡说到思过，我就知道她还在生气，说真的，我也没犯什么大事情，如果真有，无非就是喜欢下班后去下水汇，可那也是在几个同事的陪同下去的啊，有王明德可作证，再说了，昨晚上不是原谅我了吗？虽然没有明说，但昨晚上也算亲热了一番，我以为性爱真像书上讲的那样，能化解一切矛盾，调剂两个人的心情呢，怎么张欣怡又提这事了？我说，欣怡，你还没帮我把那个女的查清楚呢！那个地方偏角旮旯的，我才不想去了，就这样吧，我们在北门街的韩国馆吃饭，你想来的话就来，不想来的话就继续查你的陌生女人吧！

电话是瞬间挂断的，没等我说什么，我有些矛盾，想劝她出来，又想和她一起吃东西。想想，还是算了，继续查下这个陌生女人吧。我沿着小区门口的这条路一直往前走，暖风过境，河风裹挟着潮湿的空气吹在我的脸上。

我有种预感，一种不太好的预感，这种预感或许是来源于男人的第六感吧。我怀疑张欣怡有外遇了，这个外遇不是别人，是常和我进进出出的王明德。王明德，肯定是他，不然我女朋友和她八竿子打不着，怎么会连他朋友都认识了？而张欣怡了解的我的一切动向，也都是从王明德那张破嘴传出去的，只是都走了味，变了性质。

我心里这么想，却并不想回头，步伐反而加快了，一直走到那天到过的别院门口。是的，就是那里。我站在那栋老房子门口久久不敢进去，周遭无声，有种异样的清静。隐隐约约地，我听到了小孩子的哭声，是婴儿的那种哭声。院子里怎么会有婴儿呢？我想看，凑到门边，使劲往后推，门很牢实，推不出门缝。我转过身，看有没有可以爬的地方。巷子里有棵树，那是一棵悬铃木，叶子大片大片的，已经长进了别院。我跑了过去，小心翼翼地爬到树上，目光能越过别院围墙的时候，我看清楚了里面的情况。那个陌生女人怀抱着个婴儿，孩子哭个不停，女人一边哄，一边用奶瓶给他喂奶。

女人身后还有好几个孩子，他们都差不多大，孩子们正在门槛边，低垂着目光，似乎对婴儿的哭声习以为常。一个男人在旁边不耐烦了，对那女人吼道，还不快去买糖？再哭，这娃儿要是再哭老子不打死你！男人说这话的时候，目光恶狠狠的。女人不敢把婴儿递给他，屋里面又有个男人走了出来，这是个十八九岁的小伙子，小伙子接过女人手里的孩子。女人没有说话，低着头朝门口走去，我知道，她一定是要去我的糖果屋买糖。

6

我的心里是纠结的，不知道该不该卖糖给这个女人。从那棵悬铃木上跳下来后，我就绕向另一条路飞快朝糖果屋跑去。小申还没有离开，我比陌生女人先到店里。坐在沙发上的我，不知道为什么，连一口水都喝不下去，我的心扑通扑通地跳。张欣怡和我看的那则新闻，又在我的脑海里闪现了，我隐约觉得，这个女人或许不是那样的。她应该和很多来这里打工的外地女人一样，拖儿带崽，男人要工作，女人要带孩子。

女人和往常一样走进糖果屋，她要了半斤硬糖，我想糖应该就是给那几个孩子吃的吧，不过谁愿意天天吃糖，谁又能天天吃得下呢？换了哪个小孩，估计也不愿意。

女人买好糖走了出去。我说，小申，晚上你晚点走，我要是有什么事好联系你。小申说，什么事？是不是又和欣怡吵架了？我说，没有。走出糖果屋，我尾随在女人身后，继续走那天她走的路。不知道为什么，她好像察觉到了我，总是时不时地朝后面看。她在格瓦斯饮料店门口买好两瓶格瓦斯后，就又转进了那条巷子。我猜想，那两瓶格瓦斯一定不是给孩子们喝的吧，肯定是给那两个男人喝的。

转进巷子口的时候，女人靠在墙边并没有走。那眼神，吓得我杵在那里不知道说什么好。你跟了我一段路了，她低声说着。我没有回答。你想干什么？我笑了笑，大姐，你说啥呢？我这不是，呵呵，夜里寻欢走到这儿的嘛，你别误会，这儿以前做那行的有点多，所以……

少装，我警告你，别跟着我。女人目光凌厉，那一刻，我觉得她不像是外地来打工的妇女了。那些打工妇女们，眼神不是这样的。我没有进一步往前走，我知道，那一定不是我该走近的地方，如果我再往里面走，就会遇到危险了。我给张欣怡打电话，我说，欣怡，你在哪儿？她说，在街上呢，逛街，买衣服。我说，哪条街？我想过来。算了吧，我们都快逛完了，对了，给你买了件衬衫，不知道你喜欢不喜欢。我的心里暖了起来，女人就是那样，和你置气的时候不管她有多恨你，多怨你，但只要她心里有你，总会在某些时刻记起你的。我说，谢谢你哈，欣怡。她说，谢我？你啥时候好好谢过我？你眼里只有创业，创业，不知道你还要创什么！有吃有喝的，何必想那么多，像我这样，不是也过得挺好的嘛？对了，你最近不仅想着创业，还想着那个陌生女人，不和你说了，我要试衣服了。

和往常一样，张欣怡又突然挂掉了电话。我沿着原路往糖果屋走，或许是出于本能吧，时不时地会回头看看，我怕那个女人回去后，会告诉屋里的两个男人，说我尾随她，然后那两个男人冲出来对我一顿暴打。不管他们是做什么的，现在觉得事情并没有那么简单。

糖果屋没有打烊，我说，小申，可以休息了，早点回去吧。

和小申离开糖果屋后，我开车回了家。张欣怡没有回来，我打开电视，里面讲的不是这里产值达到多少亿元，就是某地的领导冒雨视察工作，每天都是这些，看得索然无味。我调到电影频道，不是喜欢看的那种电影，决定用手机看看吧。

以前看过一篇小说，那篇小说是一个本地作家写的，叫田兴家还是孔维越，我已经不太记得了，好像是田兴家，反正我也不熟。他在自己的小说里提到过一部电影，是印度的《贫民窟里的百万富翁》。我想此刻应该看看，我这种人不就是贫民窟出来的嘛，查不出女人的真相，想想怎么致富也是可以的。

故事不是我所想的那样，讲的并不是致富，阐述的是什么主题呢，我这个粗人是不想去追究的，追究也追究不清楚。我只记得里面有个情节，主人公同哥哥被几个坏人带去一个地方，那些坏人教他们如何乞讨、抢劫。看到这时，我惊住了，这和张欣怡给我看的那则新闻大同小异。那个打工的安徽男子，在同女子约好见面后，那天晚上他提前下班，来到了约定的地方。他翘首张望着，始终不见妙龄女郎的到来，迎来的是当头一棒。当他醒来时，自己睡在一间破旧茅屋里，他的手和脚已经不在了，疼痛和痛苦让他再次昏厥过去，半个月后，他成为一些人赚钱的工具。

7

张欣怡是带着笑进的屋，才接完电话，一边提着东西，一边对手机另一边说，好的，好的，改天再聚。

我说，玩得真嗨。

是啊，谁叫你不去。

张欣怡把东西放在沙发上，我瞥了一眼，是她买的那些衣服，当然了，其中也有我的一袋。我没有拿，因为我知道，她买的每件衣服、每条裤子都是适合我的。这一点不可否认，我和她的眼光一致，不然怎么会走到一起呢。

好累，张欣怡说，我洗个澡。

她进了浴室，我进了卧室。她是吹完头发跳进被窝里的，一股芳香扑鼻而来。我把她搂紧在怀里。她关灯，说早点睡了。我说，欣怡，今天玩得开心不？开心，但是有点累。我说，你还在生我气？没有，有什么好气的，不值得。张欣怡说这话的时候，转了过来，面对着我，黑夜里，我看不清她的脸，但她的鼻息就在我眼前。我凑了过去，在她的唇上吻了一下。我说，任何时候你都要相信我，我承认，我爱去水汇，可是我绝对没有……知道，别说了，睡觉吧。知道了？我纳闷道。嗯，王明德都给我说了。

又是王明德，我在心里嘀咕着，王明德到底和我女朋友是什么关系？

天亮后，张欣怡早早就起了床，说是幼儿园近期安排歌舞比赛，她得早点做准备，早上选好参赛的歌舞，下午就得教孩子们跳。我和往常一样时间到的糖果屋，小申已经把店里打扫了一番，他拖完地，那天买糖的胖女孩走了进来。

哥哥，我买两支棒棒糖！

糖吃多了会长蛀牙的哦！

我爸爸也这么说，可是没办法啊，太喜欢吃糖了。对了，昨天你等到那个男孩没？

没有呢！我冲她笑笑。

不过你放心好了，我都告诉我妈妈了，她说她和她的队友们会找的。我想问问女孩的妈妈是做什么的，她拿起糖已经跑出了店门。

早上看了一会儿店，觉得没什么意思，想去看张欣怡教小孩子跳舞了。我开车到幼儿园，没有进园，隔着钢丝网，她正在教孩子们堆积木。一直等到中午放学，我说，欣怡，不用排舞了？她说，不用了，早上园长接了警察局一个电话，不知道怎么的，就决定不搞歌舞比赛了。

我带欣怡回家吃饭，在车上，她告诉了我父母亲各自重组家庭的事，我问她有什么想法。她笑了笑，没什么想法，就是从此多了个哥哥吧，也多了个姐姐。我说，你和他们处过？嗯，还行吧，昨天还一起买衣服呢，还给你买了一套呢……

车子驶过长虹大桥，桥下是滔滔江水，我说，这水真美，你们啥时候放假，我们去荔波吧，听说那儿的水比这还美。放假还有半个月吧，到时候约上王明德和我那个新姐妹一起去。我沉默半晌，这小子，幸好没有乱说我坏话，不过也说不清，或许是欣怡自己相信我呢！我说，好吧，反正现在你们关系不一样了，他也不仅仅只是我的同事和哥们了。

那天起，那个陌生女人再也没有来过店里。

半个月后，我没有去成荔波，那天店里有客人来，说是想出售城北一家门面，问我有没有意愿开家分店，我们谈了一小会儿。期间，张欣怡传来邮件，问我她漂不漂亮，后没后悔没和她去。还传来几张他们在小七孔的照片，说是那里有个地方叫瑶山，值得一去。很原始，有我想不到和没看过的东西。

我说，张欣怡，你不是随时都能知道我的动向吗？你猜我在干吗！

张欣怡回复说，你在吃屁。

我无奈笑笑，糖果屋的门被推开了，进来一对母女，是之前来买糖的胖女孩，她已经好久没来买糖了。我说，小妹妹，放假了没出去玩？她说，还没想好去哪儿呢。哥哥，我要几颗牛奶糖。好的。她笑得很甜，说，这是我妈妈。她的妈妈冲我笑了笑，穿的是一身便装，但那身板和站姿告诉我，她妈妈是一名人民警察。不知道为什么，我想起了前些天的新闻，新闻里，一个女的和几个男的被押上警车，那背影，很熟悉，像看过的某部电影。